suhrkamp taschenbuch 3607

W0337185

Sie heißt Kazue und verdankt ihre Schönheit der Puderdose. Üppig aufgetragene Schminke verhilft ihr zu Selbstbewußtsein und dem Gefühl von Freiheit. So gestärkt, stürzt sie sich in erotische Abenteuer. Unter der blassen Maske fühlt sie sich geschützt vor der Welt und tut, was sie will. Was sie nicht will, ist heiraten. Ein Skandal, denn Kazue, gebildet und aus guter Familie, wächst im Japan der zwanziger Jahre des letzten Jahrhunderts auf. Der Vater befiehlt, das Kind folgt – »ein getreues Abbild des Rituals zwischen Herr und Gefolgsmann«. Als der Vater stirbt, löst sich die alte Ordnung auf. Kazue wird zu der »gewissen Frau«, die sich allen Regeln entzieht.

Chiyo Uno (1897-1997) war eine Symbolfigur der goldenen zwanziger Jahre und jener Boheme, die es auch in den Städten Japans gab, und *Die Geschichte einer gewissen Frau*, in Japan bereits 1972 erschienen, war eine Ermunterung für die sich von Tabus, Konventionen und Hierachien befreienden Japanerinnen.

Chiyo Uno
Die Geschichte einer gewissen Frau

Aus dem Japanischen übertragen
und mit einem Nachwort versehen von
Barbara Yoshida-Krafft

Suhrkamp

Titel der Originalausgabe:
Aru hitori no onna no hanashi
Copyright © 1972 by Uno Chiyo
German translation rights arranged with Uno Chiyo
through Japan Foreign Rights Centre

Umschlagfoto: Robert van der Hilst

suhrkamp taschenbuch 3607
Erste Auflage 2004
© Insel Verlag Frankfurt am Main und Leipzig 1994
Lizenzausgabe mit freundlicher Genehmigung
des Insel Verlags Frankfurt am Main und Leipzig
Suhrkamp Taschenbuch Verlag
Alle Rechte vorbehalten, insbesondere das
der Übersetzung, des öffentlichen Vortrags sowie der Übertragung
durch Rundfunk und Fernsehen, auch einzelner Teile.
Kein Teil des Werkes darf in irgendeiner Form
(durch Fotografie, Mikrofilm oder andere Verfahren)
ohne schriftliche Genehmigung des Verlages reproduziert
oder unter Verwendung elektronischer Systeme
verarbeitet, vervielfältigt oder verbreitet werden.
Druck: Nomos Verlagsgesellschaft, Baden-Baden
Printed in Germany
Umschlag nach Entwürfen von
Willy Fleckhaus und Rolf Staudt
ISBN 3-518-45607-5

1 2 3 4 5 6 – 09 08 07 06 05 04

Die Geschichte einer gewissen Frau

All den Freunden,
die mit herzlicher Anteilnahme
die Arbeit begleiteten.

1

Das Haus, in dem Kazue zur Welt kam, war eigentlich gar nicht sehr groß. Es bestand aus dem Altarraum, der Wohnstube, dem Ladenzimmer, weiter hinten waren eine Abstellkammer und das Zimmer mit der großen Uhr sowie die Küche und die gute Stube auf der anderen Seite mit ihrer Verbindung zu Eingang und Hof. Dennoch mochte man das Haus in diesem Landstädtchen für groß gehalten haben. Ein zweieinhalb Meter hoher, dunkler Holzzaun umschloß es, und das zur Straße hin gelegene Ladenzimmer war mit rotbraunen Stäben vergittert. Warum dieser Raum als Ladenzimmer bezeichnet wurde, ist schwer zu sagen. Niemand in Kazues Familie hatte hier je etwas verkauft oder Geschäfte betrieben. Es mag sein, daß die Leute der Gegend es einfach aus Gewohnheit so nannten. Auch das Wort Hof bedeutet ja in dieser Gegend nicht eigentlich einen Hof, sondern einen Durchgang, der vom Eingang zum rückwärtigen Teil eines Hauses führt. Einen solchen Durchgang gab es auch in Kazues Haus. Man öffnete eine Seitentür im Hauseingang, ging an der Küche und der guten Stube vorbei und gelangte zu dem Garten mit dem Teich – ein schwach beleuchteter Gang. Wenn man an Regentagen Wasser holte, lief man von dort aus unter dem Dachvorsprung entlang zu einem Nebengebäude, in dem sich Bad und Brunnen befanden. Und vom Brunnen aus war das Dach des Pferdestalls zu sehen, der hier Pferdeschuppen hieß. Dahinter lagen ein Obstgarten und jenseits davon ein Bambuswäldchen.

In diesem Haus kam Kazue vor mehr als siebzig Jahren zur Welt. Doch sie weiß überhaupt nicht, wie ihre leibliche Mutter ausgesehen hat. Wahrscheinlich hat sie ihr aber geähnelt. Denn wenn sie – das junge Mädchen – durch das Städtchen ging, sprachen die Frauen sie unterwegs an: »Unglaublich, das Fräulein Kazue ist der Mutter wie aus dem Gesicht geschnitten!«* Aus irgendeinem Grunde besaß Kazue nicht einmal eine Fotografie der Mutter. Dennoch verspürte sie nicht ein einziges Mal Sehnsucht nach ihr oder meinte, unglücklich sein zu müssen, weil sie die Mutter so früh verloren hatte. Vielleicht ist sie nie unglücklich gewesen, da sie durch den allzu frühen Tod der Mutter keine Erinnerung an sie hatte. Außerdem gab es im Hause nichts, von dem es hätte heißen können, »das hat Mutter benutzt« oder »das hat Mutter getragen«. Lediglich ihre Totentafel mit dem ihr postum verliehenen buddhistischen und dem bürgerlichen Namen stand im Hausaltar. Erst als Kazue größer geworden war, hörte sie die folgende Geschichte: Ihre Mutter lag im Sterben, gerade da sei sie – das Kind – endlich soweit gewesen, die ersten Schritte zu machen; mit einer brennenden, roten Laterne sei sie immer wieder um das Krankenlager der Mutter getrippelt. »Was soll nur aus der Kleinen werden?« habe die Mutter geklagt. Das hört sich freilich ganz nach einem Jungmädchenroman an. Aber was sie da über sich als kleines Kind erfuhr, stimmte Kazue nicht traurig, auch dann nicht, wenn sie das Gesagte wörtlich nahm. Denn die Gestalt der Mutter hatte in ihr abstrakte Formen angenommen, sie konnte sie sich nicht mehr als leibliche Mutter vorstellen.

Jetzt aber ist Kazue schon weit über siebzig. Einmal – sie war gerade in allerlei Betrachtungen versunken – kam ihr der Gedanke, wie wunderlich es sei, daß sie so, wie sie nun einmal ist, in diese Welt hineingeboren wurde, und jäh ergriff sie ein Gefühl der Dankbarkeit für die junge Mutter, deren Bild sie sich nicht heraufbeschwören konnte. Wie gut, daß sie mich geboren hat! Bei diesem Gedanken wurde ihr ganz heiß.

Welche Erinnerung ist wohl ihre allererste? Ist es die, als sie endlich zu laufen beginnt? Kaum neun Zentimeter tiefer liegt, vom Wohnzimmer her gesehen, der Tatamiboden des Ladenzimmers. Kazue klammert sich fest an den Pfosten des Wohnzimmers, blickt angestrengt auf die Tatami, schiebt den einen Fuß vorsichtig vor, setzt ihn nach unten hin auf und verlagert schließlich den Schwerpunkt des ganzen Körpers, um nun auch den anderen Fuß aufzusetzen. Da, es ist geschafft! Kazue wird dieses mit ein wenig Angst gemischte Glücksgefühl nie mehr vergessen. Vor sieben, acht Jahren brach sich Kazue den Hüftknochen und wurde operiert. Sieben Monate lag sie mit vergipster Hüfte bewegungslos auf dem Rücken. Endlich war der Knochen wieder zusammengewachsen, und, gestützt auf zwei Krücken, übte sie auf dem Tatamiboden laufen. Weil sie nun aber sieben Monate lang nur gelegen und keinen Schritt gegangen war, konnte sie sich gar nicht mehr darauf besinnen, was man beim Gehen tut, wie sich der Bewegungsablauf vollzieht, wie man einen Fuß vor den anderen setzt. Nein, es war nicht so, daß sie sich nicht zu besinnen vermochte. Sie verstand die Sache nicht mehr. »Rechter Fuß«, sagte die Pflegerin, »und jetzt den linken Fuß.« Auf jede Anweisung hin schob Kazue langsam den betreffenden Fuß vor. War es nicht das gleiche Zaudern und Zögern wie damals, als sie klein gewesen war und den Fuß auf die Tatami des Ladenzimmers gesetzt hatte? Diese Empfindung versetzt sie wieder in ihre Kindheit zurück.

Nach dem Tod der Mutter soll Kazue eine Zeitlang in die Familie des Vaters in Takamori gekommen sein. Das Haus in Takamori lag von ihrem Haus etwa vier Meilen* weiter »drinnen«, was aber nicht hieß: weiter drinnen im Städtchen, sondern weiter drinnen im Bergland. Auch als Kazue später die Dinge schon bewußt erlebte, besuchte sie noch hin und wieder die Familie in Takamori. Manchmal legte sie die vier Meilen im Wagen zurück, manchmal auf einem Pferderücken und manchmal auch zu Fuß. Rast wurde in dem Teehaus am Paß gemacht, von wo es dann weiter ins Gebirge hinaufging. Bei Takamori stieß man unvermutet auf einen breiten Fahrweg. Seine Mitte durchzog ein von Weiden gesäumter Bach. Zu beiden Seiten des Weges standen aufgereiht die Häuser, etwa in der Mitte des winzigen Weilers stand das Stammhaus von Kazues Vater.

Jetzt noch, wenn Kazue an den breiten Fahrweg von Takamori zurückdenkt, wundert sie sich, daß es in diesem abgelegenen Bergland so unverhofft eine derart schöne Straße hat geben können. Vielleicht ist dieses kaum hundert Meter lange Dorf nur deswegen so gewesen, wie es war, weil die Familie des Vaters dort lebte, denkt Kazue. Aber erliegt sie da nicht einer Täuschung, indem sie glaubt, die väterliche Familie sei etwas Besonderes gewesen? Seit Generationen hatte sich in dieser Familie das Geschäft des Sakebrauens weitervererbt. Ins Unendliche dehnte sich auch die weißgekalkte Mauer mit ihrem schieferfarbenen Rautenmuster. In das massive Holzschild unter dem Vordach des Ladens waren die Worte »Sakebrauerei Yoshino« eingekerbt. Darunter hing ein großes, leeres Wespennest, gleich einer Laterne.

Auf dem Vorplatz der Brauerei stapelten sich zahllose Sakefässer. Davor hingen an einem dicken Zypressenbrett große und kleine Meßbecher. Mit einem gewissen Dünkel pflegte der erste Verkäufer dem beim Eintreten sich höflich verbeugenden Kunden den Sake abzumessen, als wollte er sagen: »Gnädigerweise verkaufe ich Ihnen unseren Sake«. Diese Verkehrung von Wirt und Gast in seinem Gebaren – verriet sie etwas vom Rang des Hauses? Im hinteren Teil des Ladens saß, ein wenig erhöht, stets der ältere Bruder des Vaters, Kazues Onkel. Er hatte von Geburt an ein lahmes Bein. So saß er sommers wie winters an dem für ihn aufgestellten Holzkohlenbecken; nicht gerade schimpfend, aber doch mit kräftiger Stimme kommandierte er das Geschäft.

In diesem Haus soll Kazue ihre früheste Kindheit verbracht haben, doch da sie sich daran nicht erinnern kann, weiß sie auch nicht, ob es ein halbes Jahr oder vielleicht sogar drei Jahre waren. Nur das eine weiß sie: Während sie in dieser Familie lebte, festigte sich in ihr die Einbildung, das Stammhaus des Vaters sei etwas ganz Besonderes, und sie, die mit dem Stammhaus in Beziehung stand, sei nicht irgendein kleines Mädchen, sondern eben eine Yoshino.

2

Mit dieser Einbildung hatte es seine Bewandtnis. Gewiß, was bedeutete es schon, daß das Stammhaus des Vaters im ganzen Umkreis für seinen Wohlstand berühmt war? Doch damals, vor nun etwa fünfundsiebzig Jahren, bildeten sich die Yoshinos alle ein, etwas Besonderes zu sein, nicht nur die Angehörigen der Stammfamilie, sondern alle, bis hin zum Vater, dem Oberhaupt der Zweigfamilie. Und Kazue war in dieser Umgebung aufgewachsen.

Über ihre Zeit in Takamori weiß sie freilich kaum mehr als das: Sie, die von zarter Gesundheit war, habe mitunter tagelang keine Verdauung gehabt. »Immer mußte ich es mit einem Zahnstocher herauspuhlen, weißt du«, hat ihr die Tante lachend erzählt. Diese Tante stand im Ruf, eine große Schönheit zu sein. Dabei fand es niemand sonderbar, sie als Frau des gelähmten Onkels zu sehen. Kazue vergaß das schöne, heitere Gesicht der Tante nie mehr. Und daß sie jetzt nicht weiß, wie oft sie in ihrer Kindheit Takamori besucht hat, hängt damit zusammen, daß sich ihr die Tante nie anders als mit diesem lachenden Gesicht gezeigt hat.

Als Kazue von Takamori heimkehrte, fand sie die neue Mutter im Haus. Das heißt, empfand Kazue überhaupt, daß es eine neue Mutter war? Ihr Gedächtnis unterschied nicht zwischen früherer und neuer Mutter. Sie wußte gar nicht, daß ihre leibliche Mutter gestorben war. Ihr schien, als hätte die neue Mutter schon immer hier gelebt. Kazue nannte sie »Mama«. Später dann, als sie das Alter der Mutter nachrechnete, stellte sich heraus, daß die Mutter mit siebzehn als zweite Frau von Kazues Vater ins Haus gekommen war. Kazue war vier, als ihr Bruder Satoru geboren wurde, sieben, als der zweite Bruder Nao kam, und neun bei der Geburt der

Schwester Tomoko. Dann folgten noch die Brüder Yoshio und Hideo, als sie acht beziehungsweise vierzehn war. Zwischen diesen Geschwistern und Kazue aber machte die Mutter eindeutig einen gewissen Unterschied. Stets sagte sie: »Erst wenn *nē-sama** gegessen hat«, »Erst wenn *nē-sama* gebadet hat«; oder »Erst wenn *nē-sama* zurück ist«. Wenn von Kazue die Rede war, galt wie selbstverständlich die respektvollere Anrede für ältere Schwester – *nē-sama*. In allen Dingen kam Kazue zuerst. Wann mag es gewesen sein, daß sich Kazue dieser Bevorzugung bewußt wurde? Doch selbst dann, als sie gewahrte, daß diese Mutter nicht ihre leibliche Mutter war – was hieß das schon? Sie wußte ja gar nicht, was leibliche Mutter eigentlich bedeutete. Aber hat es sie nicht trotzdem ein wenig unglücklich gemacht? Sie war sich indessen auf ganz natürliche Weise ihrer besonderen Stellung in der Familie bewußt geworden, und sie verhielt sich auch entsprechend. Nein, sie überlegte sich ihr Verhalten nicht, ohne weiteres akzeptierte sie den ihr zugewiesenen Platz. Sie liebte diese Mutter, so wie sie war.

Davon erzählt auch die Geschichte, die sie viele Male von der Mutter gehört hat. Die Mutter war mit siebzehn die zweite Frau des Vaters geworden. Sie war ein junges, unerfahrenes Mädchen gewesen, der Vater hingegen ein vierzigjähriger Mann, der sein halbes Leben in Zügellosigkeit und Ausschweifung zugebracht hatte. Die beiden waren in allem und jedem so verschieden wie Tag und Nacht. Die Mutter weinte manchmal. Eines Nachts glaubte sie, es nicht mehr ertragen zu können, und flüchtete zu ihren Eltern. Ihre Familie lebte kaum eine Meile flußabwärts in einem Dorf namens Kawashimo. Kaum eine Meile entfernt – und die Mutter soll nicht gewußt haben, was für ein Mann der Vater war? Oder hatte sie es gewußt, und den Ausschlag hatte allein die Tatsache gegeben, daß der Vater der zweite Sohn der wohlhabenden Yoshinos aus Takamori war? So etwas kam doch vor mehr als siebzig Jahren auf dem Lande nicht selten vor. Kazue soll »Mama! Mama!« geschrien haben und der verschwundenen Mutter hinterhergelaufen sein, und da das Hausmädchen Kazue nicht zurückhalten konnte, soll es sie Huckepack genommen und bis nach Kawashimo getragen haben. Deutlich sieht Kazue vor sich, wie sie weinend der Mutter nachlief. Das Haus in Kawashimo stand unterhalb eines dicht mit Bambus bewachsenen Uferdamms. Dort hat sie geweint. Heute noch hat Kazue das trockene Rascheln des Bambusdickichts im Ohr.

»Wär mir damals die Kazue nicht nachgelaufen, wer weiß, ob ich zurückgekommen wär«, hat die Mutter später erzählt. Bald danach wurde Satoru geboren.

Aber die Mutter trug es Kazue nicht nach. Denn sie, die noch vielen Geschwistern Kazues das Leben schenken sollte, hat, so scheint es, lediglich dem Geflecht ihres Schicksals einen Namen geben wollen. Anscheinend besaß sie durchaus die Kraft, dieses, wie man sagen muß, wenig glückliche Leben zu ertragen oder es hinzunehmen. Denn sie und Kazue liebten einander, auch wenn sie nicht Mutter und Kind waren.

Und welche Erinnerungen sind Kazue an den Vater geblieben? Aus der Zeit, als sie die Dinge schon bewußt erlebte, erinnert sie sich vor allem an das Geräusch der mit den Hufen scharrenden Pferde; sie meint, es Tag und Nacht gehört zu haben. Dabei kann sie sich nicht entsinnen, daß in dem hinter dem Haus gelegenen Stall mit dem eingesunkenen schiefen Strohdach je Pferde gestanden hätten. Aber man sagt, der Vater habe mehrere Reitpferde gehalten. Tatsächlich entdeckte Kazue eines Tages in dem Wandschrank der dunklen Abstellkammer hinter dem Ladenzimmer ganze Stöße von Pferdekatalogen. Alle waren sie an den Vater adressiert. Ob der Vater eigene Pferde an Rennen hatte teilnehmen lassen? Und wenn ja, warum hatte er das aufgegeben? So seltsam es ist, aber in Kazues Familie herrschte der Brauch, keine Fragen nach dem Tun des Vaters zu stellen. Soweit Kazue zurückdenken kann, hat sie selbst die Mutter diesbezüglich nie etwas gefragt. War es überhaupt vorgekommen, daß sie sich nach etwas, was den Vater betraf, hätte erkundigen wollen? Glich sie in ihrer Mentalität nicht eher dem Bauern, der nach dem morgigen Wetter nicht fragt, der nicht fragt, ob es regnen oder schneien wird? In Kazues Erinnerung saß der Vater stets im Zimmer mit der Uhr. Von diesem Uhrenzimmer blickte man auf den Garten und den Karpfenteich. Im Obstfeld dahinter standen nicht nur Mandarinenbäume; es war mit den verschiedensten Arten von Zitrusbäumen bepflanzt. An einem Gestänge rankte sogar Wein. Vom Uhrenzimmer aus konnte der Vater alles, was draußen und drinnen geschah, im Auge behalten. Dort saß er, die Lippen fest aufeinandergepreßt, mit einem ganz eigenen Ausdruck. Später dann hielt er sich Kanarienvögel, Rohrsänger und einen Beo. Immer saß er dort, meist schweigend. Kazue fand es seltsam und zugleich natürlich, daß es derselbe Vater war, der sich Pferde, Karpfen und kleine Vögel hielt und mit Lebewesen dieser Art umging. »Kazue!« Kaum erscholl dieser Ruf, stürzte sie schon vor die Schiebetür des Uhrenzimmers. Sie trat nicht ein, sie hockte sich draußen vor das Zimmer und wartete darauf, was der Vater ihr zu sagen hatte – ein getreues Abbild des Rituals zwischen Herr und Gefolgsmann, wie sie es später auf der Bühne sah. Stets handelte es sich um einen Befehl. »Lauf! Pflück *hizuri*! Einen Korb voll!« *Hizuri* war ein Wildgras, das die kleinen Vögel als Futter bekamen. Und Kazue rannte los, in das Bambuswäldchen hinter dem Haus.

3

Befehlen des Vaters gehorchen zu müssen, bedrückte sie nicht. Nein, seine Aufträge waren einfach auszuführen, auch dann, wenn sie alles andere als Spaß machten. Ob es Spaß machte oder nicht, stand hier gar nicht zur Debatte. Es war jeglicher Erörterung enthoben und tat insofern auch nicht weh. Der Vater war ein häufiger Gast in Sakestuben, kehrte er am späten Abend heim, konnte es trotzdem vorkommen, daß er plötzlich befahl, Sake kaufen zu gehen. Warum man keinen Sake auf Vorrat hielt? – schwer zu sagen. Wenn es doch an Sake in dieser Familie nicht fehlen durfte, dann hätte er eigentlich ständig vorrätig sein sollen. Aber da war kein Sake. Kazue nahm Satoru bei der Hand, sie ging nicht allein, sie ging mit dem Bruder; zu zweit gingen sie los, um den Sake zu kaufen. In Oki-no-machi war eine Sakehandlung, ein großes Geschäft, aber bis dahin war es weit. Hingegen gab es nur fünfzig Meter vom Haus entfernt drei kleine Garküchen. Dort kehrten auf ihrem Weg in das innere Bergland die Roßtreiber und Bauern ein, wobei sie auch etwas Sake tranken. Auf der Ladentheke standen Gerichte mit gekochtem Fisch. Diese Garküchen waren zwar keine Sakestuben, aber natürlich schenkte man hier auch Sake aus. In einer dieser Garküchen kaufte Kazue den Sake. Sie bekommt ihr *tokkuri*, ihr Sakefläschchen, gefüllt. Danach erkundigt sie sich, was es an diesem Tag an kleinen Gerichten gebe. »Wir haben Seebrasse mit gekochtem Bambus, Walfischstücke in gesäuertem Bohnenmus und gekochten Tintenfisch. »Halt die *toku* schön grade«, befiehlt ihr die Wirtin. Mit *toku* meint sie das *tokkuri*. Sie fügt hinzu: »Armes Ding.« So genannt zu werden, mag Kazue überhaupt nicht. Sie ist kein »armes Ding«. Mit der einen Hand preßt sie die

Sakeflasche an die Brust, mit der anderen zieht sie Satoru hinter sich her – dabei ständig murmelnd: »Seebrasse mit gekochtem Bambus, Walfischstücke in gesäuertem Bohnenmus, gekochter Tintenfisch.« Der Vater fragt nämlich jedesmal, was es an kleinen Gerichten zum Sake gibt. Und so geht sie noch einmal, um Seebrasse mit gekochtem Bambus zu holen.

Auf dem Weg zur Garküche lagen eine Färberei, ein Krämerladen und eine Apotheke. Nur unter ihren Vordächern sah man spärliches Licht brennen, sonst war der Weg finster. Denn in den Häusern wurden die Holzläden früh vorgeschoben. Unterwegs fand sich ein Wassergraben, über den eine steinerne Brücke führte. Von dort ging der Weg weiter zu den Feldern von Oki. Immer wenn man über die Brücke geht, bläst der Wind scharf. Darum hat es Kazue auf der Brücke eilig. Unheimlich ist es dort. Aber sie selbst redet sich ein, sie fürchte den finsteren Weg nicht, der von der Brücke hinab zum Graben läuft. Die Kinder erzählen einander, auf diesem Weg zu den Feldern erscheine der spukende Fuchs. So läuft Kazue, Satoru fest an der Hand, rasch über die Brücke.

Wer von Kazues Gängen hört, mag fragen: Der Vater, nun ja, aber warum hat denn die Mutter den Vater davon nicht abgehalten? Warum ist nicht die Mutter anstelle der Kinder gegangen? In dieser Familie war das nicht möglich. Der Vater hat nicht die Mutter, sondern Kazue auf den Botengang geschickt. Seltsam, aber das Kind Kazue verstand das, ohne daß es ihm irgend jemand erklärt hätte. Hätte Kazue überhaupt denken können: Wenn die Mutter anstatt ihrer ginge? Daß Kazue mit Satoru den finsteren Weg läuft und die Besorgung macht, ist so, weil es eben Kazue ist, die zu gehen hat. Sie geht, weil der Vater es befohlen hat. So wie Wolken auftauchen oder Regen fällt, genauso läßt sich auch an dieser Sache nichts ändern, deshalb geht sie.

In dieser Familie war das so Brauch. In den Augen anderer mochte es grausam erscheinen, aber hier war es das nicht. So verhält es sich auch mit dem Folgenden. Kazue geht bereits in die Schule. Sie läuft in Strohsandalen, aber auf dem Heimweg überrascht sie ein Regen. Sie rafft den Saum des Kimono hoch, streift die Sandalen ab, denn ihr fällt wieder ein, daß der Vater irgendwann gesagt hat: »Sandalen faulen, nasse Füße nicht.« Im Winter, wenn es auf dem Heimweg schneit, tut sie das gleiche. Kazue nimmt die Strohsandalen in die Hand und läuft barfuß. So läuft sie durch den Schnee nach Haus. Sie nimmt den Heimweg nie durch Oki-nomachi. Sie geht außen herum, umgeht den Uferdamm drüben und kommt bei der hinteren Straße neben dem Graben wieder heraus. Dort nämlich sieht sie keiner. »Das arme Fräulein Kazue geht wieder barfuß.« Kazue mißfällt dieses Mitleid. Man braucht sie nicht zu bedauern, selbst wenn sie barfuß durch den Schnee läuft.

Nach der Schule blieb Kazue stets daheim. Wann ihr das befohlen worden war, wußte sie nicht mehr. Jedenfalls blieb Kazue daheim. Hin und wieder kam auch in diese kleine Stadt fahrendes Volk mit Puppen- und Affentheater. Ihr Gepäck pflegten die Spielleute auf dem etwas größeren Vorplatz des Altwarengeschäfts abzuladen, das Kazues Haus gegenüberstand. Das Schlagen der Hölzer, der Ruf erschallt: »Herbei! Herbei! Aus Ost und West! Aus Ost und West!« Im Nu finden sich aufgeregt lärmend die Kinder ein. Aber verspürt denn nicht auch Kazue einmal Lust, sich unter die Kinderschar zu mischen, wenn sie die Rufe hört? »Herbei! Herbei! Aus Ost und West! Aus Ost und West!« – klingt es ihr dann nicht doch wie: »Kazue, komm, schau es dir an!?« Die Kinder der anderen besuchen das Puppenspiel; sie, Kazue, ist das Kind ihrer Eltern und geht deshalb nicht hin.

Wenn Kazue heute an das strenge Leben ihrer Kindheit zurückdenkt, ergreift sie eine Art Rührung; aber das Kind von damals fand, es brauche nicht so sehr bedauert zu werden. Der Vater hielt seine Erziehungsweise vermutlich nicht einmal für die angemessenste. Eher war es wohl so, daß ihm sein Charakter keine andere Wahl ließ. Der Vater soll erst im

Alter von vierzig Jahren ein Haus in diesem Städtchen erworben haben. Wo er davor gelebt und was er getrieben hatte – wer weiß das schon? Aber hat er, als er das Haus dann besaß, irgend etwas getan, das erwähnenswert wäre? Zweimal im Monat traf von der Familie in Takamori Geld ein. »Hier kommt die Tōkai-Post«, rief der Bote schon vom Fahrweg herüber und lieferte dann eine Schatulle ab. Die Tōkai-Post – das war eine Versand-Firma, die einmal am Tag zwischen Takamori und diesem Städtchen hin und her fuhr. In der Schatulle, einem alten, rotlackierten Kasten mit einem schweren Vorhängeschloß, befanden sich ein Brief und Geld vom Onkel. Kazue bekommt dieses Geld nie zu Gesicht. Warum aus Takamori Geld kommt, weiß sie nicht. »Kazue, lauf, laß dir den Börsenbericht von heute geben«, befiehlt der Vater, sowie es Nachmittag wird. Was das ist, der »Börsenbericht von heute«, bleibt ihr verborgen. Sie überquert, von Oki kommend, die Garyō-Brücke und geht hinab nach Honmachi. Kazue wird das Geschäft mit dem Namen Matsumura unterhalb des Dammes nie mehr vergessen. Tagtäglich ist sie dort hingelaufen, um den Zettel mit den darauf notierten Kursen in Empfang zu nehmen.

Einmal geschah es, daß der Vater zwei Tage lang nicht nach Hause kam.

4

Kazue und die Mutter gingen zur Polizeiwache und brachten dem Vater das Essen. Die Wache lag am Fuß der Garyō-Brücke. Zwei Tage wurde der Vater dort in Gewahrsam gehalten. Was der Vater getan hatte, erfuhr Kazue erst später. Es hieß, er sei irgendwo beim Glücksspiel ertappt und verhaftet worden. Düster war dieser Raum, in dem er hockte. Kazue versteht nicht, was man tut, wenn man »spielt«. Wie hätte sie glauben können, der Vater, den sie hier mit genau demselben Gesichtsausdruck wie im Uhrenzimmer daheim sitzen sieht, sei festgenommen worden, weil er irgendeine strafbare Handlung begangen hat! Warum aber hockt er hier? Kazue stellt diese Frage nicht. Wie gesagt, sie hätte nie den Vater betreffende Fragen gestellt. Nie wäre es ihr eingefallen zu fragen. Für sie ergab nur das einen Sinn, was sie mit eigenen Augen sah. Und so glaubte sie auch nicht, daß der Vater, den sie mit zusammengepreßten Lippen in dieser Polizeizelle sitzen sah, sich etwas hatte zuschulden kommen lassen und daß er dafür in Haft saß.

Möglich ist aber auch, daß der Vater selbst nicht glaubte, er habe sich etwas zuschulden kommen lassen. Später hörte Kazue die Leute sagen, der Vater sei ein Gewohnheitsspieler gewesen. In einem gewissen Sinne mag sein ganzes Leben Spiel gewesen sein, wie die nachstehenden Ereignisse zeigen werden, welche Kazue allerdings sämtlich erst nach seinem Tode – und auch nur zufällig – zu Ohren gekommen sind. Schon in jungen Jahren habe der Vater sein Elternhaus verlassen und immer nur getan, was ihm gefiel. An Geld hat es ihm ja nie gefehlt. Er war schließlich der zweite Sohn der Yoshinos aus Takamori! Wo immer er sich aufhielt, habe er ein zügelloses und ausschweifendes Leben geführt, und erst mit vierzig habe er sich in diesem Städtchen Kawanishi niedergelassen. Nach dem, was die Leute redeten, konnte es gar nicht anders sein, als daß er den Stammsitz in Takamori erben würde. Schließlich könnte der Onkel mit dem lahmen Bein das Geschäft nicht übernehmen. Alle wähnten das Geschäft also bereits im Besitz des Vaters, doch war es diesem so zuwider, daß er, wie es heißt, aus freien Stücken auf und davon ging. Hat aber der Vater nicht doch, obwohl er das Erbe freiwillig ausgeschlagen haben muß, sein ganzes Leben mit dem Geld des väterlichen Hauses gerechnet? Unmöglich. Unmöglich zwar, aber spielte der Vater, wie auch die Leute in seiner Umgebung, insgeheim nicht doch mit diesem Gedanken? War das der Grund, weshalb er, wo immer er auch war, nie Neigung zeigte, so etwas wie einen Beruf auszuüben? War das der Grund, weshalb er, ohne einen Beruf zu haben, es nicht einmal als beschämend empfand, sich dem Spiel hinzugeben?

Um das Leben des Vaters rankten sich allerlei Legenden. Seltsam, immer wenn die Leute von den Taten dieses schändlich zügellosen Menschen erzählten, schien es, als sprächen sie mit einem gewissen Respekt von ihm. Die Daimyō-Gasse, das Freudenviertel des Städtchens, besuchte er häufig und genoß dort den Ruf eines Galans und Spaßvogels. Nicht selten ließ er auch Kazue fein herausputzen und nahm sie mit. Sie selbst kann sich daran allerdings nicht mehr erinnern. Einmal soll der Vater eine große Gesellschaft im Freudenviertel gegeben und dafür mit dem Koch verabredet haben, in jede Suppenschale ein eben erst ausgeschlüpftes Küken zu setzen. Als die Gäste die Deckel der Suppenschalen abhoben, seien die noch kaum gefiederten, kläglich piepsenden Küchlein zum Vorschein gekommen. Eine lustige Geschichte jedenfalls, aber einige Leute halten sie für ziemlich unwahrscheinlich. Wie hätten denn die Küchlein so lange, bis die Gedecke aufgetragen und vor jeden Gast gestellt worden waren, still halten können? Schon möglich, daß diese Geschichte reine Erfindung ist. Ein anderes Mal wollte der Vater, obwohl er bereits mehrere Pferde besaß, sich noch ein weiteres anschaffen und forderte Geld aus Takamori an. Die Antwort lautete aber, wie es denn wäre, wenn er seine Leidenschaft für Pferde ein wenig zügelte. Und das Geld blieb aus. Der Vater, so hat man erzählt, habe sich im nächsten Augenblick aufs Pferd gesetzt, habe die fünf Meilen nach Takamori in fliegendem Galopp zurückgelegt, sei ins Haus hineingeritten und habe erst oben auf dem Gestell des Kohlenbeckens halt gemacht, an dem der Onkel saß. Stets wurde dem Vater seine Wildheit verziehen. Vielleicht beging er diese ungestümen Taten ja, weil er wußte, sie würden ihm nachgesehen. An der Echtheit dieser Geschichte zweifelte Kazue nicht.

Auch die Mutter erzählte Kazue die eine oder andere Geschichte vom Vater. Und immer klang es, als sei sie stolz auf seine Liederlichkeiten. Der Vater war eben ein besonderer Mensch! Er mochte anstellen, was er wollte, ihm mußte man es zugestehen. Darauf schienen alle diese Geschichten hinauszulaufen. Aber ist so etwas überhaupt vorstellbar? Es scheint, als habe der Vater bei seinem Tod die Antwort darauf selbst gegeben. Doch davon soll später erzählt werden.

Was Vater und Mutter – und ihr Verhältnis zueinander – betrifft, so erinnert sich Kazue nur an eine einzige Begebenheit. Die Mutter war blutjung, dem Vater muß sie wie eine Tochter vorgekommen sein. In allem, was sie tat, war sie unsicher und ungeschickt. »Schafskopf«, sagte der Vater. Unzählige Male kam ihm im Laufe eines Tages dieses Wort über die Lippen. Kazue weiß noch, wie sie, die nie über die Ehe nachgedacht hatte, es als eine Art unvermeidlicher Erscheinung hinnahm, daß der Vater die Mutter »Schafskopf« schimpfte. Es war eines Nachts. Kazue war plötzlich aufgewacht, als sie aus dem väterlichen Schlafzimmer Weinen hörte. Ach, Mutter weint! fuhr es ihr durch den Kopf. Aber im selben Augenblick vernahm sie, wie der Vater leise und anscheinend beschwichtigend auf die Mutter einredete.

Seine Stimme war so zärtlich, daß Kazue sich verwundert fragte, ob es überhaupt der Vater war, der da sprach.

Kazues Augen erinnern die jugendliche Gestalt der Mutter; sie erinnern, wie die Mutter ihr Haar von der Friseuse gemacht bekam. Es war eine Frau aus Oki mit dem Namen O-Yone. Eines ihrer Augen war schmaler als das andere, weshalb man den Eindruck hatte, sie schiele. Schwer zu sagen, warum Kazue gerade den Namen dieser Friseuse behalten hat. Ein Bild, das Kazue nie vergißt. Die Frisierutensilien sind auf der Papiermatte auf der Veranda ausgebreitet, der altmodische Handspiegel ist dazugestellt; dort bekommt die Mutter ihr Haar frisiert. Neben ihr steht der Vater, sagt irgend etwas. Vielleicht wendet er sich gerade mit einem Scherz an O-Yone. Für Kazue hat diese Szene etwas Überraschendes. Die Mutter mit ihrem hellen Teint war eine schöne Frau, und wahrscheinlich besaß sie auch eine heitere Wesensart. War der Vater nicht zu Haus, dann sang sie, während sie am Brunnen die Wäsche wusch. Und in ihrer Stimme schwang dann so etwas wie ein Gefühl der Befreiung mit.

Kazue hat diese Lieder behalten.

»Was wäre, käme Geld herab, wenn du den Wassertopf
am Pflaumenzweig gehörig rüttelst?«

oder

Ich bin das Kraut »Verliebt-in-dich«,
zum Pflänzchen »Braut« gleich mache mich.

Ohne den Sinn der Lieder zu verstehen, sang Kazue mit.

5

Womit bestritt die Familie Kazues ihren Lebensunterhalt? Solange Kazue noch ein Kind war, machte sie sich darüber nie Gedanken. Sie wußte nur, daß die Tōkai-Post an jedem 1. und 15. des Monats Geld aus Takamori brachte. Wieviel Geld mag die Schatulle enthalten haben? Wahrscheinlich genug für die Haushaltsausgaben und die Liebhabereien des Vaters. Wirklich? Als Kazue größer war, verschwand aber von den Dienstleuten erst einer, dann ein zweiter, bis schließlich keiner mehr da war; und wenn die Früchte an den Zitrusbäumen im Garten hinter dem Haus reiften oder die Trauben am Weinstock gepflückt werden konnten, kam ein Händler, der sie aufkaufte. Nicht anders, wenn die Bambussprossen hervorkamen. Später wurden sogar blühende Pflaumenzweige an einen Blumenhändler aus Hiroshima verkauft. Es waren gelbblühende Pflaumen.

»*Rōbai* sind das. Wie schön die duften!« sagte die Mutter. Der Erlös dieser Verkäufe wurde als Zuschuß zum Haushaltsgeld verwendet. Aber selbst wenn Kazue all das wußte, hat sie sich für arm gehalten? Wann und weshalb es dazu gekommen war, daß die Familie verarmte, das hat sie nicht gewußt. Es war so allmählich geschehen, daß man es kaum gemerkt hatte.

Als Kazue in die Schule kam, waren ihre Schulsachen alle ganz anders als die der anderen Kinder. Zwar nahm sie bei den Schreibübungen für die erste Seite wie üblich ein blankes weißes Papier, doch alle folgenden waren Rückseiten beschriebener Bogen oder sogar Zeitungspapier. Und ein Bleistiftstummel wurde auch nicht weggeworfen, sondern mit einem ursprünglich für Pinsel gedachten Halter aus Bambus verlängert, mit einem Faden umwickelt und weiterbenutzt. Wer ihr das beigebracht hatte, weiß sie heute nicht mehr. Seltsam, sie kann sich auch nicht mehr entsinnen, ob sie beschämt war, daß sie sich ihre Schulausstattung einzig mit Hilfe solcher Kunstgriffe leisten konnte. Die Kinder der anderen Familien schrieben auf sauberem weißen Papier und warfen ihre noch längst nicht zu kurzen Bleistifte sorglos fort – obwohl Kazue all das wahrnahm, empfand sie doch nie Neid. Sie sind anderer Leute Kinder, darum machen sie das so. Kazue aber ist das Kind ihrer Eltern, und darum macht sie es auf ihre Weise. Das unterschied sie klar in ihrem Kopf. Traurig, wenn ein Kind so denkt? Was Kazue betrifft, so gehörte für sie all das zu den unabänderlichen Dingen, so wie Regen und Wind; sie wurden von ihr hingenommen – es sei denn, die Leute sagten zu ihr: »Das arme Fräulein Kazue.«

Solange der Vater noch lebte, galt für Kazue die feste Regel – oder handelte es sich vielleicht nur in Kazues Augen um eine feste Regel, während es in Wirklichkeit, entsprechend dem Charakter des Vaters, lauter spontane Einfälle waren? –: Wenn der Vater etwas wollte, hatte sie seinen Wunsch auf der Stelle zu erraten und zu tun, was er wünschte. Es sah so aus, als mache allein das ihr Freude. Eine grausame Sache für ein Kind. Aber ist Grausamkeit hier das richtige Wort? Kazue tat es immer aus eigenem Antrieb.

Die bisherige Beschreibung könnte die Vermutung nahelegen, Kazue wäre für ein Kind zu ernst gewesen. Doch all ihre Erkenntnisse waren letztlich nichts weiter als Einfälle, die sie mit kindlichem Verstand quasi körperlich erfaßt hatte. Sogar jene unbewußt spartanische Erziehung des Vaters scheint ihrer Kindlichkeit nicht geschadet zu haben. Im Gegenteil: Indem sie seiner Erziehung spontan entgegenkam, lernte sie, unverletzlich zu sein.

Sie war eine hervorragende Schülerin. Jedes Frühjahr wurde sie ausgezeichnet mit dem Preis des Distriktleiters und dem Preis des ehemaligen Daimyō* von Kawanishi. Der Preis des Daimyō war meistens irgendein Gegenstand wie ein Kasten mit Tuschreibstein oder ein Stapel Schreibpapier. Für das Kind waren die Geschenke zu schwer, um sie allein nach Hause zu tragen. Deswegen war es eine abgemachte Sache, daß an diesem Tag der Vater mit zur Schule kam. Kazue durfte den Kimono aus der besonders gewebten Seide mit violettem Pfeilmuster und lang hinabhängenden Ärmeln tragen. Jahr für Jahr trug sie denselben Kimono. Er war ein Geschenk aus Takamori gewesen zur Feier ihres Schreinbesuchs als Siebenjährige. Sie liebte diesen Kimono.

Die kleine Kazue spaziert durch das Städtchen in einem Kimono mit lang hinabhängenden Ärmeln, neben ihrem großen Vater, der die Geschenke trägt. Sie kehren nicht auf direktem Wege heim, sie schauen erst noch bei diesem und jenem Bekannten vorbei, dem Restaurant in der Daimyō-Gasse oder dem Geisha-Haus in der Schmiedegasse oder auch beim Möbelgeschäft. Nichtsdestotrotz geht es dann auch noch zu Matsumura, dem Geschäft, bei dem Kazue jeden Tag das gewisse Papier abholen geht. »Die Kleine mußte nämlich heute zur Schule«, erklärt der Vater. Wo immer sie vorbeikommen, ruft man: »Ah, Fräulein Kazue!« Für Kazue ist es eine Überraschung, den Vater so zu sehen. Der Vater erklärt etwas. Hat es jemals so etwas gegeben? Und wenn sie denkt, daß sie selbst es ist, die diese drastische Veränderung beim Vater bewirkt hat, dann wird ihr ganz heiß. Sie genießt das. Heute ist ein Tag, an dem ihre Füße nicht in Strohsandalen stecken, sondern in fein gefütterten *bukuri* mit roten Riemchen, in denen es sich leicht dahinschreiten läßt. *Bukuri*, eigentlich *pukkuri*, kleine, vorn rundgeformte Geta*. Selbst heute, obwohl Kazue über siebzig Jahre alt ist, selbst heute hat sie ihre kindliche Erscheinung von damals noch nicht vergessen. Wußte Kazue damals, daß jemandem Freude machen bedeutet, sich selbst glücklich machen? Tat Kazue um dieser Freude willen nicht einfach alles? Schlichtweg alles? Nein, so ist es nicht gewesen. Nur für den Vater mochte sie es tun. Für ihn übertraf sie sich selbst.

6

Es war Sommer.

Kazue besuchte bereits die Mittelschule für Mädchen. Und auf dem Heimweg von dieser Schule rief plötzlich jemand von hinten: »Fräulein Kazue!« Selbst nachdem die Familie verarmt war, nannten die Leute sie nach wie vor respektvoll »Fräulein Kazue«. Dort, wo der Damm dem Wassergraben bis nach Hirata folgte und leicht anstieg, befand sich eine Garküche. Gerufen hatte die Wirtin ebendieser Garküche. »Fräulein Kazue, sehen Sie dort drüben, da steht Ihre Tante. Heute ist schon der dritte Tag, daß Sie hier erwartet werden«, erklärte die Wirtin. Eine Kazue unbekannte, wohlbeleibte Frau in gestreiftem Kimono tauchte hinter der Wirtin auf und wandte sich ihr lächelnd zu: »Kazue, ich bin deine Tante, die ältere Schwester deiner verstorbenen Mutter.«

Das Gefühl dieses Augenblicks ist schwer zu beschreiben. Was bedeutete für Kazue denn: »Ich bin die ältere Schwester deiner verstorbenen Mutter?« Ihre Mutter lebte doch daheim mit ihr. Wie? Hatte es eine Mutter gegeben, die gestorben war? Kazue kann nie vergessen, wie sie in diesem Augenblick überhaupt nichts Vertrautes fühlte, sie vielmehr eine Art Mißtrauen beschlich.

Die Tante aber hatte inzwischen auf der Bank vor dem Restaurant Platz genommen und forderte Kazue auf, sich zu ihr zu setzen. »Hallo, wir hätten gern Iga-Reiskuchen«, ruft die Tante. Die ländlichen Iga-Reiskuchen sind ein spezielles Gebäck dieser Gegend. Sie sind mit Bohnenmus gefüllt und mit gelb, rot und blau gefärbten Reiskörnern bestreut. Kazue liebt Iga-Reiskuchen, doch begreift sie nicht, wieso sie hier neben der Tante sitzt und Reiskuchen verzehrt. »Angesprochen hab ich dich heute zum ersten Mal, aber gesehen hab ich dich ja schon oft. Immer auf deinem Heimweg von der Schule.« Die Tante streichelt über Kazues Kopf. »Was für schönes Haar du hast! Wie niedlich müßte das erst aussehen, wenn es in zwei kleinen Schnecken aufgesteckt wär.« Sie fügt hinzu: »Sag denen daheim aber nicht, daß du mich getroffen hast; erzähl es der Mutter besser nicht.« Glaubte Kazue an die Existenz dieser Tante, die nicht aufhörte zu lächeln und die mit dieser weichen Stimme redete? Traute sie dieser ersten Begegnung? Sie saß zwar neben der Tante auf der Bank und aß mit ihr Reiskuchen, aber die Tante erschien ihr dennoch wie ein fernstehender, fremder Mensch. Die Tante hätte sie nicht eigens zu bitten brauchen, sie erzählte nichts, weder der Mutter noch dem Vater.

Und dennoch scheint diese Begegnung einen Wendepunkt in Kazues Schicksal herbeigeführt zu haben. Bald darauf rief der Vater sie zu sich. Zu ihrer großen Überraschung befahl er ihr, von jetzt an die Tante zu besuchen. Warum? Wieso hieß es plötzlich: »Besuch die Tante?« Hatte der Vater sie denn bisher auch nur ein einziges Mal zu irgendwelchen fremden Leuten zu Besuch geschickt? Die Tante und ihre Familie – das waren doch fremde Leute für sie. Trotzdem antwortete Kazue ohne Widerrede nur »ja«.

Das Haus der Tante lag im angesehenen Teil der kleinen Teppō-Gasse. Der schon ziemlich betagte Onkel arbeitete im Städtchen am Gericht. Über die weißverputzte Mauer des Hauses hingen die blühenden Granatapfelzweige weitausladend bis auf die Straße. Kazue hatte keine Ahnung gehabt, daß die Tante und deren Familie auch in dem Städtchen lebten. Hinter der weißen Mauer wirkte das Haus auf Anhieb freundlich. Dort wohnten auch zwei Vettern; der ältere, Keiichi, und der jüngere, Jōji. Kazue war aber doch gar nicht gewohnt, von lauten Stimmen und munterem Geplauder umgeben zu sein! Warum bloß hatte der Vater sie zu diesen Leuten geschickt? Das wußte nur der Vater.

Die Tante flocht Kazue ein eigens für sie gekauftes rosafarbenes Band ins Haar. »Ungemein gut steht ihr das, wie, Keiichi?« Hatte sich Kazue bis zu diesem Moment wohl jemals im Spiegel betrachtet? Sie wagte nicht, die Augen auf sich, auf das in einen klitzekleinen Knoten hochgebundene Haar mit der Schleife zu richten. Fast flüsternd sagte sie schließlich: »Es wird spät, ich muß gehen.« – »Keiichi, geh du mit, bring Kazue bis nach Kawanishi.«

Es begann zu dunkeln. Kazue und Keiichi spazierten schweigend durch das Städtchen. Keiichi trug einen weißen, schwarz getüpfelten Baumwollkimono. Kazue hatte einen ähnlich gemusterten Kimono an, mit einem gelben Musselin-Obi. Außerdem die Schleife im Haar. Heute muß sie über den Anblick, den sie bot, lächeln.

Den Vetter hat sie zum ersten Mal getroffen, und schon gehen sie Seite an Seite. Er besucht die Mittelschule am Ort. Undenkbar, daß der Mittelschüler Keiichi und Kazue, die Schülerin einer Mädchenschule, zusammen auf der Straße gehen! Tun sie denn nicht genau das, worüber die anderen auf ihren Schulwegen stets in lautes Gejohle ausbrechen? Aber Kazue hat damals kein bißchen gezittert. Ja, sie hat sich nicht einmal darüber gewundert, daß sie so gar nicht gezittert hat.

Sie überschreiten die Garyō-Brücke von Oki-no-machi her und kommen so auf die andere Dammseite. Vom Damm aus kann man das Bambuswäldchen bei Kazues Haus sehen. Wie der Wind durch das Getreidefeld streicht, auch das sieht sie. Von hier aus geht man den Feldweg hügelab den Wassergraben entlang. Als sie hier angelangt sind, bleibt Kazue stehen und blickt Keiichi an. So verabschiedet sie sich von ihm. Sobald Keiichi gegangen ist, reißt sie geschwind das Band aus dem Haar und läuft rasch durch das hintere Gatter bis zum Pferdestall.

»Kazue!« ruft aufgebracht der Vater und schlägt im selben Moment auch schon zu. »Was soll das heißen, mit einem Mann so spät dahergehen! Du!« brüllt er sie an und schlägt noch einmal zu. Der Vater ist bis zum Pferdestall vorgegangen, offenbar hat er die beiden auf dem Feldweg neben dem Graben kommen sehen. Kazue findet es nur allzu natürlich, daß sie den Vater erzürnt hat. Schließlich ist sie in Begleitung eines Mannes nach Einbruch der Dunkelheit nach Hause gekommen. Keiichi ist zwar noch Mittelschüler, aber er ist ein Mann, das ist nicht zu leugnen.

Doch was meinte der Vater wirklich? Er selbst hatte Kazue diesen Besuch befohlen, und nun beschimpfte und schlug er sie wegen ihres späten Heimkommens? Noch vor diesem Zwischenfall kam es gelegentlich vor, daß sich der Vater auch am Tage die Schlafmatte im Uhrenzimmer bereitlegen ließ, um zu ruhen. Daß wegen seines Zustandes ein Arzt kommen mußte, das geschah allerdings erst später. Dann erschien eines Tages ein Bote der Tante. Offenbar war er gekommen, um für Keiichi die förmliche Bitte um Kazues Hand zu überbringen. Aber nicht nur das, ganz unerwartet hatte der Vater offenbar seine Zustimmung gegeben. Er rief Kazue zu sich: »Hör zu, du wirst uns demnächst verlassen und als Schwiegertochter im Haus deiner Tante leben. Verflixt noch mal, du warst es doch, die nach Einbruch der Dunkelheit mit Keiichi spazierengegangen ist.« Sollte das heißen, sie würde zur Strafe dafür als Frau dorthin gegeben, daß sie nach Einbruch der Dunkelheit neben Keiichi gegangen war? Trotzdem gab Kazue ohne Widerrede nur »ja« zur Antwort.

Es war an einem Herbsttag. Von der Familie der Tante wurde eine rotlackierte Schale mit den rituellen Geschenken überbracht. »Das gehört zum Hochzeitsbrauch. Das ist alles reine Formsache. Hab nur Geduld, und alles wird gutgehen«, sagte die Mutter, die Kazue deswegen eigens in eine stille Ecke gerufen hatte. Kazue wird die ihr mit auf den Weg gegebenen Worte nie mehr vergessen. Als es Abend wurde, hieß es, die Trauzeugen werden dich abholen kommen. Die Mutter selbst badete Kazue und frisierte ihr das Haar. Während Kazue sich ausmalte, wie sie fern von Mutter und Geschwistern würde leben müssen, machte sich in ihrem

Innern eine Stimmung grenzenloser Verlorenheit breit, so als triebe sie auf einem ihr unbekannten weiten Meer dahin.

Und dann war es soweit. Kazue wurde abgeholt, und sie verließ ihr Elternhaus. Ein betagtes Ehepaar aus der alten Samurai-Familie der Toda fungierte als Trauzeugen. Beide waren klein und hager. Der Mond stand hoch am Himmel. Doch die Trauzeugen trugen trotz seines hellen Scheins jeder eine Laterne. Drei Menschen warfen ihre Schatten auf den taghell beschienenen Weg. Für Kazue war es unfaßbar. Sie trug nur wenig Gepäck. Einige Kimonos zum Wechseln und Schulbücher. Gleichwohl war es eine Hochzeit.

Der Vater starb im Februar des folgenden Jahres. Hatte er noch zu seinen Lebzeiten Kazues Zukunft sichern wollen? War es das, was ihn bewegt hatte?

7

Nicht einmal zehn Tage lebte Kazue im Hause der Tante. Sie hat kaum mehr als verschwommene Erinnerungen daran. Doch sie glaubt sich zu erinnern, daß die Tante ihr sagte: »Kazue, von heute nacht an wirst du in diesem Zimmer schlafen.« Das würde heißen, sie müsse im selben Zimmer wie Keiichi schlafen. Richtig, Kazue war ja in dieses Haus gekommen, um hier als Keiichis Frau zu leben, und sie hat vermutlich, ohne zu ahnen, daß Mann und Frau das Bett teilen, gehorsam im selben Zimmer wie Keiichi ihre Schlafmatte ausgerollt. Indessen verspürte auch Keiichi wenig Lust, mit Kazue zu reden, so wie an jenem Sommerabend, als er sie fast bis zu ihrem Elternhaus begleitet hatte.

Gegen Abend pflegte sich Keiichi umzukleiden. Beinahe jede Nacht ging er aus. In dieser Familie ging der Sohn aus, ohne mitzuteilen wohin, aber weder der Onkel noch die Tante tadelten ihn deswegen. Irgendwer klärte Kazue darüber auf, daß Keiichis abendliche Ausflüge den hinter dem Dammgebüsch liegenden Schenken galten. Diese vier oder fünf auf der Rückseite einer Schaubude namens »Brokattheater« gelegenen Trinklokale hatten auch dann ihre Lampen brennen und geöffnet, wenn dort nicht gespielt wurde. Was Keiichi, der doch noch keine siebzehn Jahre alt war, an diesen Orten trieb, konnte Kazue sich freilich schwer vorstellen. Aber ja doch, unter den Mittelschülern gewann derjenige an Prestige, der Abend für Abend seine Schülermütze im Kimonoärmel verschwinden ließ und hier einkehrte.

Diesen Keiichi also verabschiedet Kazue allabendlich an der Haustür und kommt dennoch nie auf den Gedanken, er tue das, weil ihn ihre Anwesenheit im Hause stört. Seine dreizehnjährige Frau grübelt nicht darüber nach, welche Bedeutung sein Verhalten für sie habe. Sie, die als seine Braut hierhergekommen ist, empfindet sein Verhalten nicht einmal als rücksichtslos. Kazue schläft fest. Und wenn Keiichi spät in der Nacht die Holzläden auf der hinteren Hausseite zurückschiebt, eintritt und die Tante mit steter Regelmäßigkeit ruft: »Keiichi! Dein Nachtkimono liegt angewärmt am Kohlenbecken«, dann taucht augenblicklich das Haus in Kawanishi aus dem Dunkel auf. Sie hört das unablässige Klopfen von Vaters Pfeife aus dem Uhrenzimmer. Sie sieht die Kinder sich wie Spatzen um die Mutter scharen, die irgend etwas in der Wohnstube oder im Ladenzimmer tut.

Immer war Kazue in Gedanken bei ihnen.

»Kazue, heut abend treten in Kagiya-chō Balladensänger auf!« – »Kazue, beim Kindoki-ya in Honmachi ist heute großer Ausverkauf!« So nahm die Tante sie beinahe täglich irgendwohin mit. Kazue aber brauchte nur mit der Tante durch die Stadt zu gehen, schon sah sie im Geiste die kleinen Geschwister vor sich, wie sie sich die Hälse verrenkten und sich nicht sattsehen konnten an den Drachen hoch am Himmel, die andere hatten aufsteigen lassen. Oder auch: Sie saßen schwatzend und lachend um den großen gemeinsamen Tisch beim Essen. Da fiel Kazue die düstere Küche mit dem Bretterboden ein, in der im Elternhaus in Kawanishi die Mahlzeiten eingenommen wurden, jeder mit seinem Tischchen vor sich, schweigend und ernst. Kaum vorstellbar, aber Kazue verwirrte die eigentlich doch ganz normale Heiterkeit im Hause der Tante. Sie konnte sich einfach nicht an das ihr Unvertraute gewöhnen.

Eines Tages, es war auf dem Rückweg von der Schule, liefen ihre Füße – statt zum Haus der Tante – in Richtung Kawanishi. Der Weg zur Tante führte über jene Brücke, die man unter dem Namen »Kintai-Brücke« kennt. Also gilt es jedesmal, die Stufen ihrer fünf Bögen hinauf und hinab zu laufen. Aber an diesem Tag brachte Kazue das einfach nicht fertig. Zu Haus lag der Vater im Bett. Richtig, ihm einen Krankenbesuch zu machen, darum ist sie hergekommen. Dorthin würde sie jedenfalls, geschehe was wolle, nie wieder zurückkehren. »Kazue ist es, Kazue ist gekommen«, rief die Mutter von hinten. Vom Vater war kein Laut zu hören. Die ganze Zeit über, seit Kazue nicht mehr im Haus war, habe er fest gelegen. Blut habe er gespuckt. Draußen vor seinem Schlafzimmer zwitscherten die Kanarienvögel. Kazue blickte auf den Vater. Die Augen waren tief eingesunken, wie gemeißelt stach die Nase hervor. »Vater!« – »Massier mir doch die Füße.« Weder fragte er, warum sie zurückgekommen sei, noch sagte er, daß sie sofort wieder umkehren müsse. An diesem Abend besuchte die Mutter die Tante, um ihr mitzuteilen, daß Kazue, solange der Vater krank sei, nicht zurückkommen werde. Kazue fand die Mutter, wie sie da im Dunkel des Hauseingangs mit ihrem um den Kopf geschlungenen Tuch stand, unendlich schön; ein Anblick, den sie nie vergessen wird.

Drei Tage vor dem Tod des Vaters schneite es. Schnee war in dieser südlich gelegenen Stadt etwas Seltenes. Was mag der Vater beim Anblick des Schnees empfunden haben? Als für einen Augenblick niemand im Zimmer war, geschah es. Und bis sie es bemerkten, war der Vater schon vom Ladenzimmer hinunter in den Hof und von dort auf den Fahrweg gekrochen. »Komm mir keiner in die Nähe, seht euch vor, ihr verletzt euch.« Dabei schwang er etwas im Kreis herum. In dem blitzenden Sonnenlicht funkelte ein Messer auf. Kot tropfte vom Saum seines Kimonos. Wie war es ihm in diesem Zustand möglich gewesen, das große Messer aus der Küche zu holen? Es hatte aufgehört zu schneien. Für einen Wintertag schien die Sonne mit unglaublicher Kraft. Auf diesen glitzernden Schnee hatte der Vater eine Unmenge Blut gespuckt. »Was ist denn, Herr Yoshino?« – »Vater!« Kazue klammerte sich mitten in der Menschenmenge an den Vater. »Zu Hilfe! So helft doch!« rief die Mutter außer sich, während der Vater von neuem losbrüllte: »Weg da! Komm mir keiner in die Nähe, ich erledige ihn!« Aber da lag der Vater schon bäuchlings im Schnee.

Über diese Szene im Schnee konnte Kazue ihr ganzes siebzigjähriges Leben nicht hinwegkommen, nur das Qualvolle daran erlosch. Vielleicht lag es am Schnee, irgendwie ist es fast so etwas wie ein schönes Bild geworden. Heute, in hohem Alter, kommt es ihr vor, als könne sie verstehen, was den Blut spuckenden Vater bewegte, in den Schnee hinauszukriechen. Ob er in jenem Augenblick des Wahnsinns, kurz ehe er starb, seinem Leben selbst ein Ende setzen wollte? Oder wollte er jemanden töten, dem er grollte? Nein, das sicher nicht. Davon ist Kazue fest überzeugt; nie wird sie daran zweifeln. Sein Leben, dieses zügellose Leben, das wollte er dort und in diesem Augenblick, wenn möglich, neu beginnen, um das in dieser Welt vorgeschriebene redliche Leben zu führen. War es nicht der allerletzte Ausdruck eines von Ungeduld getriebenen Wahnsinnigen?

8

Lange nach der Beisetzung noch konnte Kazue einfach nicht glauben, daß sich der Vater nicht mehr im Uhrenzimmer aufhielt. Seine Schlafmatten sind fortgeräumt, keine Menschenseele ist hier. Draußen vor dem Fenster zwitschern laut die Kanarienvögel. Wie kann man glauben, daß die Kanarienvögel ihr Gezwitscher ohne den Vater anstimmen? »Satoru! Nao! Tomoko!« ruft sie die Geschwister der Reihe nach beim Namen, um sich ihrer Anwesenheit zu vergewissern. Hinten liegt der Garten mit den Mandarinenbäumen. Richtig, auch das Bambuswäldchen und der Weinstock sind, wo sie immer waren. Doch der Vater fehlt. Unmöglich, die Weite dieses leeren Zimmers für wirklich zu halten. Gleichwohl, Kazue weinte nicht.

Der Tod änderte so rasch nichts an den Gewohnheiten der Familie. Wenn die Trommel der Spielleute aus dem fernen Oki-no-machi herübertönte, lief keines der Geschwister auf die Straße hinaus. Und keines der anderen Kinder verfiel auf den Gedanken, nach ihnen zu fragen. Und doch gab es kleine Veränderungen. Jeden Tag halfen die Geschwister, wenn die Mutter den Kanarienvögeln Futter gab. Dann füllten sie den Vögeln Wasser zum Baden ein.

»Da, schau, der humpelt ja!« rief Satoru, der entdeckt hatte, daß bei einem der Kanarienvögel ein Bein kürzer war. Auch Nao, Tomoko und Yoshi lachten schallend. Der, der ihnen das Lachen verboten hätte, lebte ja nicht mehr. Richtig, der es ihnen verboten hätte, lebte nicht mehr. Einen Augenblick lang, da sie sich dessen bewußt wurden, hielten sie ängstlich inne, um gleich darauf noch lauter als vorher zu lachen. Von diesem Tag an war mit den Geschwistern eine Veränderung vorgegangen. Seitdem hörte man ständig –

wie im Haus der Tante – Lachen oder das Getrappel der in der Wohnstube umherlaufenden Kleinen. Und dann kam ein Tag: Spielleute zogen die große Straße hinab, und die Geschwister sahen sich an; Satoru sprang als erster auf und lief, barfuß, wie er war, den Trommelschlägen hinterher; die übrigen folgten – husch, flogen sie dem älteren Bruder nach wie eine dem Leitvogel folgende Vogelschar. Es war ein Ereignis, das einer Revolution gleichkam. »Ist es denn nicht immer so gewesen? Durften wir früher den Spielleuten nicht zuschauen, wenn sie in die Stadt kamen?« fragte Tomoko ungläubig, als sie, erwachsen schon, darauf zu sprechen kamen. Tomoko war, als der Vater starb, eben erst fünf gewesen.

Tatsächlich wurden alle Tabus aufgehoben. Dennoch war es anders, als wenn es nie so etwas wie ein Tabu gegeben hätte. Früher hatte Kazue bei allem, was sie tat, erst überlegt, ob sie nicht gegen ein Tabu verstieße. So bedeutete es eine doppelte Befreiung für sie. Ihr war, als stände sie auf offenem Feld, der Wind blies darüber hin, und sie, den Launen dieses Windes ausgesetzt, lief dennoch in die Richtung der Freiheit. Aber bringt ihr die Aufhebung der Tabus Freude? Immer dann, wenn sie sich der Freude überlassen möchte, verstellt ihr der Schatten des Vaters den Weg. Doch nur einen Augenblick lang unterliegt sie der Täuschung, denn schon drängt sie den Schatten beiseite und rennt drauflos. Es dauerte Jahre, bis endlich der Schatten nicht mehr auftauchte. Und tat ihr das dann nicht auch weh?

Nach dem Tod des Vaters kehrte Kazue nicht wieder in das Haus der Tante zurück; auch kam niemand von dort, sie zu holen. Der Vater war gestorben – war es in diesem Fall überhaupt nötig, dorthin zurückzukehren? Niemand sprach mehr von der Sache; man ließ den Dingen ihren Lauf und rührte nicht mehr daran. Es sah ganz danach aus, als wären die Beziehungen zwischen den beiden Familien auf immer abgebrochen. Doch trat etliche Jahre später etwas völlig Unvorhergesehenes ein.

Auf dem Lande galt vierzehn auch früher schon als ein schwieriges Alter. Kazue hatte sich auf ihrem Heimweg von der Schule angewöhnt, das schräg gegenüberliegende Haus, eine Färberei, zu besuchen. Obwohl das Haus so nah lag, hatte sie es zu Lebzeiten des Vaters nie betreten.

Kazue hebt den dunkelblauen Vorhang und tritt ein. Vor ihren Augen dehnt sich ein weiter großer Raum. Auf dem gestampften Lehmboden stehen Reihen von Farbzubern; so viele, daß Kazue sie auf einmal gar nicht zählen kann. Männer rühren mit Stangen die dicken, in die Farbbrühe eingetauchten Garndocken. Nie zuvor hat Kazue dergleichen gesehen. »Ah, Sie sind's!« ruft jemand von hinten. Es ist die Hausherrin. Sie betreut die Kasse und führt das Geschäft, während ihr Mann gemeinsam mit den Angestellten in der Färberei arbeitet. Also genau umgekehrt wie daheim, als Vater noch lebte; und doch klingt die Stimme dieser Frau unbeschwert heiter. »Haruko!« ruft sie nach der Tochter, »Fräulein Kazue ist gekommen.« In dieser Familie gehorcht man der Hausherrin. Haruko erscheint. Sie ist die älteste Tochter und wird, wie es heißt, bald heiraten. Sie ist ganz anders als die Mutter; sie hat ein sanftes Wesen. Als sie Kazue erblickt, lächelt sie nur.

Die beiden vergnügen sich in der hinteren Wohnstube. Ach nein, sie vergnügen sich nicht bloß. Haruko übt im Beisein der Hausherrin Tänze, und Kazue versucht, Haruko nachzuahmen. Hat Kazue in ihrer Kindheit je tanzen dürfen? Ihr kommt es vor wie ein Traum, während sie sich müht, mit Haruko im Schritt zu bleiben. *Shánrin, shánrin, chíntóttsun, chínrin, chínrin, chíntóttsu*, so ahmt Kazue ebenfalls den Rhythmus der Trommel nach. Sie glaubt, zum Himmel zu schweben. Wie groß muß indessen das Mitleid gewesen sein, das Kazue bei der Hausherrin weckte. Sollte man sie denn nicht tanzen lassen, bis sie das in früheren Jahren Versäumte aufgeholt hatte! »Ah, Fräulein Kazue, Sie haben wirklich Talent. Also gleich noch einmal. Stellen Sie sich neben Haruko und tanzen Sie noch einmal.« Und Kazue tanzte ganz selbstvergessen, mit hochroten Wangen, Harukos Bewegungen folgend.

Bald schon war das Shiiosama-Fest angesagt. An diesem Tag würde eine herausgeputzte Haruko hoch oben auf der Bühne des Festwagens tanzen. Mit weißgepuderten Händen, die Kimonoärmel von Seidenkreppbändern hochgerafft, würde sie die Trommel schlagen. Kazue denkt: Auch ich könnte das. Und dabei überkommt sie ein unerklärliches Gefühl. Wäre sie nur schon fertig mit der Schule, könnte sie auch all das tun. Seit dem Tod des Vaters kennt sie dieses unbeschreibliche Gefühl: als begänne ein bis dahin wie von einem Stein im tiefsten Gebirge eingeschlossenes Herz sich mit einem Mal wie eine Blüte zum Licht hin zu öffnen. Aber war dieses Gefühl nicht genau das, welches der Vater den Kindern unter Aufbietung aller Kräfte stets untersagt hatte? Obwohl sie das durchaus begriff – was hätte sie jetzt noch dagegen tun können? Was es hieß zu singen, das hatte Kazues Herz ein für allemal erfahren, eine Umkehr war nicht mehr möglich. Wo die verbotene Frucht zu finden war – man hatte es ihr in der Färberei gezeigt. Hier fanden unter dem Regiment der Hausherrin in der guten Stube oft kleine Gesellschaften statt. Wenn fahrende Spielleute durch das Städtchen zogen, wurden sie aufgefordert, an ein oder zwei Abenden ihre Balladen zu singen. Und die in den Pausen hineingeworfenen Schreie der Shamisenspieler, ihr *A!* und *Ha!*, waren es, die Kazue ans Herz griffen. Kazue fand jedes Stück, das sie spielten, gleich herrlich. Noch das ordinärste empfand sie als herzergreifend. Erst spät in der Nacht legten die Spielleute ihre Instrumente in das Futteral zurück, verneigten sich zum Abschied und erhoben sich von den Kissen. Kazue folgte ihnen bis zu ihrer ärmlichen Unterkunft in Oki-no-machi. Und selbst nachdem die Spielleute dort verschwunden waren, blieb sie noch lange vor ihrer Tür draußen stehen. Am nächsten Morgen legten die Spielleute wieder ihre Gamaschen an und machten sich wie üblich auf den Weg nach dem Dorf Shigino weiter drinnen im Bergland. Von dort gelangten sie auf die Abkürzung nach Takamori. Kazue stand vor der Hintertür ihres Hauses und blickte den Gestalten unverwandt nach, bis sie hinter dem Bambuswäldchen erst kleiner und kleiner wurden und dann ganz im Wald von Norimoto verschwanden. Wenn ihre Schulzeit erst zu Ende ist, wird sie ihnen folgen, wird Kazue Mutter, Geschwister, alles aufgeben und sich den Spielleuten anschließen. Davon träumte sie.

9

In der Färberei lebte Morito, Harukos jüngerer Bruder. Er war seiner Schwester ähnlich; wie sie war er wortkarg und lächelte nur, wenn er jemanden begrüßte. Die Geschwister seien nach dem Vater geraten, sagten die Leute. Morito hatte die Mittelschule am Ort vorzeitig verlassen und war auf die Kadettenanstalt in Hiroshima gekommen. Wenn er in den Frühlingsferien in das Städtchen zurückkehrte, trug er eine khakifarbene, fast militärische Kadettentracht.

Morito ist ein Jahr jünger als Kazue, und Kazue mag ihn. Schon damals, als er noch Mittelschüler war und sie noch im Hinterzimmer mit Haruko tanzte und er zwar nicht kam, um ihnen zuzuschauen, aber doch draußen am Zimmer vorbeilief, schon damals haben sie Blicke gewechselt. Mehr war nicht gewesen, sie sprachen auch nicht miteinander. Dennoch verliebte sich Kazue in Morito. Endlich erschien er, langersehnt, eines Tages, denn es waren Ferien. Da kam Kazue auf den Gedanken, ihm einen Brief zu schreiben. Es war kein Liebesbrief, dieser im blühenden Alter ihrer fünfzehn Jahre verfaßte erste Brief ihres Lebens. Sie schrieb: »Heute früh ist schönes Wetter. Ich kann die vielen Drachen auf dem Feld hinter unserem Haus in die Höhe steigen sehen. Kazue.« Diesen Brief nahm sie und steckte ihn in das offene Ende der Dachrinne unter dem Vordach der guten Stube auf der anderen Seite ihres Hauses. Denn trat einer aus dem Färberhaus und ging zwei, drei Schritte zur Seite, dann konnte er, sofern er achtgab, über die Straße hinweg genau die Dachrinne in den Blick bekommen. »Morito, ich habe einen Brief in die Dachrinne über unserer guten Stube gesteckt«, sagte Kazue zu Morito im Vorbeigehen.

Kazues Herz raste wie eine Feuerglocke. Ob Morito nach

dem Brief suchen würde? Unzählige Male lief sie auf die Straße hinaus. Da! Morito hat ihn gefunden! In der Dachrinne steckt nichts mehr. Selbst heute noch wird es Kazue ganz heiß, wenn sie an ihre damalige kindliche Leidenschaft zurückdenkt. Die Tatsache allein, daß Morito den Brief an sich genommen hatte, bedeutete ihr damals die Erfüllung ihrer Liebe. Danach lief sie täglich viele Male auf die Straße. Endlich hatte sie Erfolg. Am Ende der Dachrinne entdeckte sie einen von Morito hineinbeförderten Brief. Er schrieb: »Morgen lasse ich auch einen Drachen steigen. Der Onkel vom Krämerladen hat ihn für mich gemacht. Mein Drachen wird bis zum Taishi-Berg hochsteigen. *Hoch lebe der Kaiser!* Morito.« Morito war auf der Kadettenanstalt. Selbst heute bringt Kazue es nicht fertig, über die Leidenschaft, die vor sechzig Jahren ein Junge vom Lande in die Worte *»Hoch lebe der Kaiser«* legte, zu lachen. Das nächste Mal benutzte Kazue am Schluß ihres Briefes ebenfalls diese Worte. Für Kazue waren sie der Geheimcode, den nur sie und Morito benutzten. Regentage waren nun Kummertage. Sobald es anfing zu regnen, lief sie auf die Straße hinaus, aus Angst, ein Brief von Morito könnte möglicherweise naß werden. Bis zum Ende der Ferien diente ihnen die Dachrinne als Briefkasten. Moritos letzter Brief lautete: »Heute kehre ich nach Hiroshima zurück. Bis zu den Sommerferien werde ich keinen Brief mehr schreiben können. *Hoch lebe der Kaiser!* Morito.« Damit endete ihr Spiel, denn noch vor den Sommerferien erkrankte Morito und wurde ins Militärspital eingeliefert. An einem Tag im Herbst kehrte er heim. Die Krankheit hatte sich verschlechtert, und es hieß, er solle zu Hause gesund gepflegt werden. Doch im neuen Jahr, im Februar, genau zu der Zeit, als im Jahr zuvor Kazues Vater gestorben war, starb Morito.

Während Morito krank im Hinterzimmer der Färberei lag, besuchte Kazue ihn zuweilen und legte schweigend einen Brief neben sein Kopfkissen. Was schrieb sie ihm? Höchstwahrscheinlich schrieb sie ihm so ausdruckslos, daß von einem Brief eigentlich nicht die Rede sein konnte, doch sie selbst glaubte, sie habe entsprechend ihrer Absicht unendlich viel Gefühl darin ausgedrückt. Morito lag mit großen eingesunkenen Augen da und blickte sie freundlich lächelnd an. Ist dieses Lächeln, Moritos Lächeln, nicht das Urbild dessen, was sie ihr Leben lang in den Gesichtern ihrer Liebhaber gesucht hat? Das fragt sich Kazue heute.

Moritos Begräbnis war, abgesehen von dem ihres Vaters, das erste Begräbnis ihres Lebens. Als letzte folgte sie dem langen Trauerzug, den schmalen, grasüberwachsenen Pfad nach Norimoto bergan. Sie schluchzte laut. Wie gerne wäre sie mit den Gongschlägen Morito gefolgt, wäre mit den vom Krematorium emporsteigenden Rauchwölkchen vergangen. Noch heute sieht Kazue vor sich die schwarzen Schatten der kreuz und quer fliegenden Vogelscharen gegen den kalten Himmel über Norimoto. Moritos Grab lag auf halber Höhe, nicht weit von dem ihres Vaters. Im Herbst des darauffolgenden Jahres heiratete Haruko. »Fräulein Kazue, kommen Sie uns doch mal wieder besuchen. Morito würde sich so freuen«, sprach die Hausherrin der Färberei Kazue unterwegs an. Kazue verstand, daß sie von Moritos Totentafel sprach, die im Hinterzimmer in dem buddhistischen Hausaltar aufbewahrt wurde. Jedesmal, wenn sie vor dem Altar betete, glaubte Kazue, Moritos Seele sei noch immer anwesend und lächele ihr zu. Auch nachdem in der Färberei nun keine Kinder mehr waren, fanden dort von Zeit zu Zeit Balladen-Abende statt, aber der Zauber – Kazue wunderte sich selbst darüber – war gebrochen, die einstige Begeisterung wollte nicht mehr aufkommen. Im Frühjahr, als Kazue siebzehn geworden war, schloß sie die Schule ab.

Wovon sollte Kazues Familie, nachdem der Vater gestorben war, wohl leben? Seit seinem Tode lieferte die Tōkai-Post aus Takamori nichts mehr ab. Wie aber kann eine Mutter, wenn der Hausherr gestorben ist, die Kinder allein ernähren und großziehen? Jeder hätte sich das fragen müssen, doch aus Takamori kam kein Geld. Natürlich nicht.

Wieviel Geld hatten die Verwandten in Takamori in all den Jahren bis zum Tode des Vaters nicht schon geschickt! Und fast das ganze Geld war dafür draufgegangen, das liederliche Leben des Vaters zu unterstützen. Wer würde da nicht behaupten wollen, die Leute in Takamori seien von heimlicher Wut erfüllt gewesen!

Gerade als Kazue die Schule abgeschlossen hatte, war nun Satoru soweit, in die Mittelschule zu gehen; neben den täglichen Ausgaben eine zusätzliche also. Wie nur konnte die Mutter, die kaum erst dreißig war, diese Notzeiten durchstehen? Darüber wundert sich Kazue noch heute.

10

Um die Kinder großzuziehen, gab es nur einen Ausweg: all das zu Geld zu machen, was der Vater hinterlassen hatte. Reis, wenn auch kaum genug, bekamen sie durch Verpachtung von Ackerland. Zwei kleine Häuser konnten vermietet werden. Das große Feld hinter dem Haus ließ sich bewirtschaften; sie verkauften Bambussprossen, Mandarinen, Weintrauben, Persimonen, Maronen, Pflaumen oder auch Datteln. Und mit der Nachzucht der vom Vater aus Liebhaberei gehaltenen Vögel war ebenfalls Geld zu verdienen. Heute findet Kazue es verwunderlich, daß sie sich nie wirklich arm vorgekommen ist. Aber möglicherweise empfand selbst die Mutter dieses harte Leben, das auf den Tod des Vaters folgte, gar nicht als so hart. Noch heute hört Kazue, wie die Mutter vor sich hinsang: *»Mein Hanshichi, wo bist du, was machst du?«**

Kazue wurde ja auch nicht aus Armut nach Schulabschluß Lehrerin an der Grundschule in Kawashimo, dem Heimatort der Mutter. Dort lebte die Mutter ihrer Mutter. Sie war jünger als Kazues verstorbener Vater und ein fleißiger Mensch. Gleich neben der Schule betrieb sie ein Schreibwarengeschäft. Dieser Großmutter hatte Kazue ihre Anstellung bei der Schule zu verdanken. Lehrerin zu werden war damals auf dem Lande die einzige Berufsmöglichkeit für eine Frau.

Bis Kawashimo war es eine Meile. Etwa auf halber Strecke verkehrte eine Straßenbahn, aber Kazue lief die Dorfstraße entlang, neben den Schienen, den Blick zur Seite auf die fahrende Straßenbahn gerichtet. Sie lief zu Fuß, sie fuhr nicht. Dazu mußte sie sich nicht weiter überwinden, es war eine Selbstverständlichkeit für sie. So hatte sie keinen ßen ihres ersten Gehaltes ausgegeben, sondern hielt noch die volle Summe in Händen. »Wie! Das alles soll für uns sein, Kazue?« Obwohl Kazue sah, wie die Augen der Mutter sich mit Tränen füllten, brachte sie auch das nicht mit der Armut in Verbindung. Vielmehr meinte sie, es käme daher, daß sie der Mutter zum erstenmal eine Freude machte.

Kazue hat bis heute nicht vergessen, wie glücklich es sie gemacht hatte, solange der Vater noch lebte, ihm – und später dann der Mutter – Freude zu schenken. Damals wußte sie noch nicht, daß sich in dem Vergnügen, anderen eine Freude zu bereiten, Liebe zu sich selbst verbirgt, eine Liebe, die nur wie Liebe scheint. Herauszufinden, wie man einen anderen erfreut, das hatte mit Selbstaufopferung gewiß nichts zu tun.

Kazue fühlte sich in ihrem Beruf wohl. Für die Dorfbewohner war sie nun »die Frau Lehrerin«. Anfangs bekam sie die Zweitklässler zugewiesen, später jedoch, als die zweite Klasse gemischt aus Jungen und Mädchen bestand und man sie in zwei Gruppen teilte, erhielt Kazue die Minderbegabten. Ob man sich irgend etwas dabei dachte, die Minderbegabten von den Begabten zu trennen? Oder ob man meinte, der jungen und unerfahrenen Lehrerin dürften die Begabten nicht anvertraut werden? Die Minderbegabten – das waren Kinder mit Rotznasen, Kinder mit Krätze auf dem Kopf, Kinder, die sabberten. Als wäre Armut dasselbe wie Dummheit! Was keinesfalls bei allen zutraf. Ein Kind, das gestern schlechte Noten bekommen hatte, verdiente heute gute. »Schau an, wie gut du heute diese schwierige Aufgabe gemeistert hast. Bist ein kluges Kind«, lobte Kazue halb zur Belohnung, und das Gesicht dieses angeblich dummen Kindes belebte sich auf einmal. Also war es möglich, die Kinder anzuspornen und dahin zu bringen, wo der Lehrer sie haben wollte. Kazue hat bis heute nicht vergessen, wie ihr dieser Gedanke wie eine Offenbarung durch den Kopf fuhr, daß man mit Lob Menschen dahin bringt, wohin man sie gerne hätte. Hier war die Bestätigung. Sie konnte gewisse Fähigkeiten in den Kindern wecken; so erreichten die Leistungen eines der Kinder sogar das Niveau der Besten aus der Begabtengruppe. Zum Dank brachte der Großvater dieses Kindes Kazue eine Schachtel mit süßen Reisklößchen. »Frau Lehrerin, die haben wir selbst gemacht. Sie sind ganz frisch, von heute früh«, sagte er. Welch eine Freude, Menschen mit Lob anzuspornen! Wie denn aber, meldete sich hier nicht der stille Weggefährte eines teuflischen Herzens? Damals wußte sie das noch nicht. Eine solche Erfahrung sollte sie erst später machen.

Es war an einem Abend in den Sommerferien. Auf der Ablage im Badezimmer entdeckte Kazue eine alte Puderdose, daneben ein wenig verstreuten Puder. Nein, eigentlich war es keine Entdeckung. Die Dose hatte seit ewigen Zeiten dort gestanden. So lange schon, daß sich Kazue, auch wenn die Mutter sie benutzt haben sollte, kaum mehr daran erinnern konnte. Seit jenen frühen Zeiten stand die Dose mit dem verstreuten Puder dort. Kazues Blick war plötzlich an ihr hängengeblieben. Wie? Solch ein Ding hat man damals zum Auftragen des Puders benutzt? In der Dose lag eine Hasenpfote als Quaste, und daneben stand ein stellenweise abgeblätterter Spiegel. Sie hätte sich aber ohnehin in dem Dampf nicht deutlich darin sehen können, da nur eine trübe Öllampe im Badezimmer brannte, doch weckte vermutlich gerade das die Lust in Kazue. Sie tupfte die Hasenpfote in den Puder, trug den Puder auf, einmal und noch einmal. Kazues Gesichtsfarbe war von Natur aus dunkel. »Mohrchen« hatte der Vater sie genannt und immer gemeint: »Wer würde wohl so ein Mohrchen heiraten wollen?« Aber welch eine Veränderung hatte sich da in dem weißgepuderten Gesicht vor ihren an den dunklen Teint gewöhnten Augen vollzogen? Kazue erschauerte. War das überhaupt noch ihr Gesicht? Es erschien ihr wie ein Mädchenantlitz von unvorstellbarer, geradezu überirdischer Schönheit. Eine Veränderung, als wären Vorderseite und Rückseite umgekehrt worden. Und doch hatte sie das Gesicht nur weiß geschminkt.

Was heißt das – ein schönes Mädchen? Hatte sich denn Kazue jemals wegen ihres dunklen Teints geschämt? Hatte sie jemals auch nur das geringste Interesse an ihrem Gesicht genommen? Sich gewünscht, schön zu sein? Sie war ja doch mit ihrem Gesicht ganz zufrieden gewesen. Jetzt aber war das anders. Seit jener Nacht war sie eine andere. Sie hatte ihr nicht mehr dunkles Gesicht erblickt. Jetzt durfte sie nie wieder so dunkel aussehen. Zum erstenmal in ihrem Leben kauft sich Kazue Puder. Sorgfältig schminkt sie ihr Gesicht. *Keshō* – sich schöner machen, sich verwandeln –, man könnte es trefflicher nicht sagen. Die Augen der anderen verführen, indem bis zur Unkenntlichkeit Puder auf ein dunkles Gesicht gelegt wird. Doch in dem Moment, da das Weiß blättern, die Maske fallen würde, stünde sie entlarvt da. Eine Furcht, von der Kazue bislang nicht einmal eine Vorstellung gehabt hatte.

11

Es war mitten in den Sommerferien. Wie jedes Jahr wurde zum Allerseelenfest im Flußbett unter der Garyō-Brücke ein Tanz veranstaltet. Diesmal riefen die Trommelschläge auch Kazue. Und die geschminkte Kazue tauchte in die Helligkeit der Lampions ein, schlenderte in dem Gewoge der vielen Menschen umher. Als Lehrerin durfte sie an dem Tanz nicht teilnehmen, dennoch schlug ihr Herz wie eine Feuerglocke. Und Kazue war geschminkt. Sie war nicht mehr das braune Mädchen von gestern. Da plötzlich, wo die Eisbuden sich aneinanderreihten, tauchte aus dem Schatten ein junger Mann auf, verstellte ihr den Weg, faßte sie am Arm: »Sie sind's doch, Kazue!« Kazue erkannte ihn im Licht der Eisbudenlaternen ganz deutlich; es war der Sohn jener Ōtsukas vom Ende des Ahorntals. Als Kazue noch in die Mädchenschule und er in die Mittelschule ging, hatten sie denselben Weg gehabt; jetzt, so erzählte man sich, besuche er eine Schule in Tōkyō und sei ein loser Vogel. Der Arm, an dem er sie gepackt hatte, schien anzuschwellen, als wäre sie von einer Wespe gestochen worden. Nie mehr wird sie es vergessen. Wieder zu sich gekommen, war sie bis auf die Garyō-Brücke hinaufgeflohen.

Später überlegte Kazue, warum sie damals geflohen war. Was machte es denn, ob der Sohn der Ōtsukas ein loser Vogel war oder nicht? Oder hatte sie etwa am eigenen Leib erleben wollen, was einer, der ein schlechter Kerl war, ihr anzutun vermöchte? So entdeckte sie, daß eine gewisse Abenteuerlust in ihr steckte. Sogar am Ende der Sommerferien konnte sie jenes Gefühl noch nicht abschütteln, daß der Arm, an dem der Mann sie gepackt hatte, von einer Wespe gestochen und angeschwollen wäre. Kazues geschminktes Gesicht hatte den jungen Ōtsuka betört. Trotzdem wollte sie, als die Schule wieder begann, vom Schminken nicht lassen.

Noch lange danach vergaß Kazue keinen einzigen Augenblick, daß sie geschminkt war. Doch war sie auch nur eine Minute stolz darauf, daß ihr geschminktes Gesicht geradezu unglaublich schön war? Im Gegenteil, ihr war kein Opfer zu groß, um vor den anderen zu verbergen, daß ihr Gesicht in Wirklichkeit eine Maske war. Nahm sie es wohl für bare Münze, wenn die Dorfbewohner zu ihr sagten: »Fräulein Kazue ist eine Schönheit geworden?« Dieser Betrug lastete der Siebzehnjährigen schwer auf der Seele.

Wem aber fiel dieser Anflug von dunklem Schatten schon auf, der sich auf ihrem geschminkten Gesicht zeigte? Auf dem Schulweg wurde ihr immer wieder etwas zugesteckt. »Frau Lehrerin Yoshino, hier.« Oder es war etwas in die Schublade ihres Tisches im Lehrerzimmer gelegt worden. Liebesbriefe. Einer wies eine dunkelgeronnene Blutschrift auf. »Dies schrieb ich mit dem Blut meines kleinen Fingers«, hieß es. Ein Zittern durchlief ihre Glieder, so unheimlich war ihr, während sie gleichzeitig von einem unbeschreiblichen Gefühl ergriffen wurde bei dem Gedanken, daß sich alle diese vielen Liebesbriefe auf ihren Betrug gründeten. Während Kazues Turnunterricht stiegen die jungen Männer von ihren Rädern und sahen ihr von den Bänken um den Sportplatz aus zu. Kazue hat nicht vergessen, wie der Rektor sie damals neckte: »Eine ganze Versammlung junger Leute erleben wir da, wenn unsere Lehrerin Yoshino ihre Turnstunde gibt.« Aber Kazue konnte sich nie dazu überwinden, auch nur einen dieser Briefe zu beantworten.

Heute kann sie diese Erinnerungen als amüsante Anekdoten erzählen. Der Kazue von heute ist es nicht mehr wichtig, wie groß oder klein der Unterschied zwischen dem geschminkten und dem ungeschminkten Gesicht ist. Sie nimmt es so hin, wie es ist. Anders die Kazue von damals. Schminken hieß für sie: Maskerade. Und die bloße Vorstellung, wie schrecklich eine Demaskierung wäre, hielt sie davon ab, auch nur einen einzigen Brief zu beantworten. Während sie sich durchaus Erfolg bei Männern wünschte, empfand sie doch zugleich Angst davor, Angst vor dem nächsten Schritt, der es beim Erfolg allein nicht mehr belassen würde. Dennoch hätte sie gern mit dem eigenen Körper erprobt, was dieser nächste Schritt bedeutete. Nein, sie brannte doch wohl förmlich darauf, es zu erproben. Aber sobald sie daran dachte, daß damit auch über die Art der Beziehung zwischen einem Mann und ihr entschieden würde, tauchte jene Angst vor dem Augenblick der Demaskierung wieder auf, die dann unvermeidlich wäre. Diese Furcht bewahrte Kazue vor allzu abenteuerlichen Gedanken, und sie wünschte sich darum nicht einmal eine Liebe von längerer Dauer. Wie hätte sie da den Wunsch nach einer Heirat haben können! Indessen waren ihre Begierden gerade wegen dieser kleinlichen Hemmungen ins Zügellose geschossen. Nur, wer wird einem jungen Mädchen Glauben schenken, wenn es sagt, es habe gar nicht den Wunsch zu heiraten? Kazue befand sich, von niemandem wahrgenommen, in einer von ihr selbst heraufbeschworenen Tragödie.

Im darauffolgenden Frühjahr – sie war nun seit einem Jahr Lehrerin – mietete Kazue von einem Bauern im Dorf Kawashimo ein kleines Haus und zog von Kawanishi dorthin um. Kazue hatte mit dreizehn Jahren ihr Elternhaus verlassen, um in der Familie der Tante zu leben. Damals war das auf Geheiß des Vaters geschehen, diesmal war es anders. »Nun ja, ihr kennt doch die kleine Lehmbrücke hinter dem Feld bei der Schule? Daneben stand ein Gebäude leer, es gehört den Sugiyamas. Vater Sugiyama ist nach Hawaii ausgewandert, so haben sie seit diesem Frühjahr die Seidenraupenzucht aufgegeben«, erzählte sie. »Die Schulklingel kann ich gut hören; lauf ich dann los, schaff ich's immer noch rechtzeitig. Gleich bei der Schule war auch das Haus der Großmutter. Aber Kazue hatte nie davon gesprochen, zu ihr ziehen zu wollen. Nun aber hieß es, von Kawanishi nach

Kawashimo sei der tägliche Weg ziemlich weit. Und da sowohl die Mutter als auch die Geschwister begriffen, daß dies nur ein Vorwand sein konnte, hielten sie Kazue nicht zurück. »Nächsten Sonntag kommen wir dich besuchen. Jetzt können wir ja Großmutter und dich besuchen. Zwei Besuche auf einmal«, freuten sich die Kleinen.

Das Haus bestand aus einem Tatami-Zimmer mittlerer Größe und einem halb so großen Zimmer mit Bretterboden, auf dem einfache Matten ausgebreitet waren. In einem weiteren Raum stand auf dem gestampften Lehmboden ein Herd, außerdem gab es ein kleines tragbares Öfchen, auf dem Kazue kochte. Kazue ließ von ihren Habseligkeiten nur das Allernötigste herüberschaffen: die Schlafmatte, ihren kleinen Schreibtisch, wenige Kimonos zum Wechseln und ihren Handspiegel mit den Kosmetikutensilien. Nachdem das geschehen war, begann ein neues Leben. Wie oft ist sie seither auf diese Weise umgezogen! Doch niemals hat sie wahrhaben wollen, daß dieser erste Umzug der Anfang ihres Vagabundenlebens war.

Morgens steht sie in aller Frühe auf, wäscht sich am Brunnen, stellt den Handspiegel auf den Schreibtisch und schminkt sich. Zum Frühstück gibt sie schwarze Bohnen in einen Topf, röstet sie an, fügt einen Schuß Sojasoße hinzu und ißt dieses improvisierte Bohnengericht mit Reis. Offensichtlich schreckte Kazue dieses triste Dasein nicht ab, im Gegenteil, es schien sie zu beflügeln. Das war wie damals in jenem Winter, als die Vierzehnjährige keinen größeren Wunsch hatte, als sich den Spielleuten anzuschließen und über die Berge fortzuziehen. Eine junge Frau möchte schließlich das Elternhaus verlassen und für sich leben. War es nicht genau das, was der verstorbene Vater am strengsten verboten hatte? Immer hatte er seinen Kindern verbieten wollen, was er zeit seines Lebens selbst getan hatte! Kazue hatte freilich schon von sich aus diesen Weg eingeschlagen.

12

Eines Tages im Frühsommer fand ein Fortbildungskurs für Lehrer in der Grundschule von Yanagii statt. Von einem der männlichen Teilnehmer erhielt Kazue danach einen Brief. Es war ein Heiratsantrag. Sie warf den Brief fort, sobald sie das Wort Heirat gelesen hatte. Heiraten wird Kazue ja doch nie. Wer immer es sein würde, der ihr einen Heiratsantrag machte, sie würde ihn nicht heiraten. Nach wenigen Tagen ließ der Rektor sie rufen: »Jemand für Sie, Frau Yoshino, ein Besucher, der im Auftrag des Bürgermeisters von Kitagouchi gekommen ist. Der Sohn des Bürgermeisters hält um Ihre Hand an.« Selbst in Kawashimo war die Familie des Bürgermeisters von Kitagouchi als wohlhabend bekannt. Und Kazue war schon achtzehn. Es sei keinesfalls zu früh, mit achtzehn Jahren zu heiraten. So etwa äußerte sich der Rektor. Trotzdem lehnte Kazue den Heiratsantrag ab.

Als sie an diesem Tag nach Hause kam, wartete dort die Großmutter auf sie. »Kazue, gestern abend hat mich Herr Yonemura, der Priester vom Hachiman-Schrein, besucht. Der Sohn des Bürgermeisters von Kitagouchi möchte dich zur Frau haben – und zwar um jeden Preis. Er hat in Yamaguchi die Lehrerbildungsanstalt absolviert, außerdem ist er ein Mann, der sich sehen lassen kann.« – »Ich heirate aber nicht, Omama. Das hab ich mir fest vorgenommen.« – »Ach, Unsinn. Was faselst du da! Komm du nachher nur nicht und sag, du willst heiraten. Dann will ich davon nichts mehr hören.« Die resolute Großmutter verließ Kazue höchst aufgebracht. Ein paar Tage später suchte der Bewerber selbst Kazue auf.

Von da an besuchte dieser Mann sie häufig, selbst dann

noch, als er begriffen hatte, daß sie eine Heirat endgültig ablehnte. Eines Tages – es begann schon dunkel zu werden – traf er keine Anstalten, aufzubrechen. Kazue zündete die Lampe an. Das hieß doch offenbar, sie war damit einverstanden, daß er noch blieb! »Wie ist es? Wollen Sie hier mit mir zu Abend essen?« Kazue war schon dabei, Kartoffeln auf dem kleinen Öfchen zu kochen. Überall auf den Feldern blühten jetzt weiß die Kartoffeln. Diese Kartoffeln hatte sie von ihren Vermietern erhalten, und sie kochte sie nun für den Mann. Warum nur bereitete sie ihm ein Abendessen, wenn sie doch eine Heirat verabscheute? Schweigend aß der Mann. Im nahen Feld quakten die Frösche. Und Kazue wußte sehr wohl, was danach geschehen würde. Sein Gesicht war blaß. Die Lampe flackerte, Wind war aufgekommen, Kazue erhob sich, um das Fenster zu schließen. Diesen Augenblick benutzte der Mann und griff nach dem Saum ihres Kimonos. Kazue schwankte und fiel zu Boden. In diesem Zimmer mit dem Bretterboden hatte man noch bis vor kurzem Seidenraupen gezüchtet, und einen Webstuhl hatte man stehenlassen. Kaum war sie auf den schmalen Streifen zwischen Webstuhl und Matte gefallen, stürzte sich der Mann auf sie. Sie schrie nicht, intuitiv stieß sie seine Hand zur Seite, weg von ihrem Körper, und rollte sich auf die Matte. Es roch stark nach Seidenraupen. Der Obi löste sich, und ihr entblößter Rücken geriet auf das Flechtmuster der Matte.

Schließlich rührte sich Kazue nicht mehr. Hätte sie laut gerufen, wäre sicher jemand von den Vermietern zu Hilfe gekommen. Doch Kazue rief nicht um Hilfe. Die Hände des Mannes umfaßten ihren Körper, er hielt sie fest umklammert, sie rührte sich nicht. Auch jetzt noch wäre gewiß Zeit gewesen, zu fliehen. Und obwohl ihr dieser Gedanke kam, floh sie nicht. Später hat sie immer wieder an diesen Augenblick zurückdenken müssen, wie der Mann sie von unten mit beiden Armen gehalten, sie fest umklammert und wie sie selbst in diesem Moment noch geglaubt hatte, sie könne fliehen. Es roch nach Schweiß. Kazue war, als schlachte sie sich selbst. Sie wehrte sich nicht. Wie ein Tier lag sie da unter dem Mann und wollte mit eigenen Augen sehen, was geschah. Das allein, ohne Heirat, hatte sie das begehrt? Im Nu war es vorbei, noch ehe sie begriffen hatte, was zu Ende gekommen war. War es das, was man die Vereinigung von Mann und Frau nennt? Statt zu fliehen, hatte sich Kazue einfach hingegeben; als ihr das klar wurde, überkam sie Scham. Was sollte sie tun? Wie konnte sie dem Mann noch ins Gesicht schauen? Und plötzlich stieß Kazue einen gellenden Schrei aus. Sie schrie, schrie völlig Wirres, Unzusammenhängendes. Wahrhaftig, ich bin wahnsinnig. Wobei sie selbst nicht mehr unterscheiden konnte, ob sie ihn glauben machen wollte, sie sei wahnsinnig geworden, oder ob sie nun tatsächlich wahnsinnig geworden war. Da kommt jemand. Laß ihn doch kommen. Ich bin wahnsinnig, also mag er doch ruhig kommen. Ah! Was für eine Befreiung! Ich bin wahnsinnig. Denn ich habe, ohne zu heiraten, mit einem Mann geschlafen. Der Mann rief Kazue laut beim Namen. Er schüttelte sie, er brüllte sie an, damit sie zu sich käme. Als er merkte, daß sie nicht aufhörte zu schreien, packte ihn das Entsetzen; er stieß die Tür auf, schob den Holzladen vor dem Ausgang beiseite, rannte, barfüßig, wie er war, durch den Garten und suchte über die Brücke das Weite. Schließlich verlor sich das Geräusch seiner Schritte.

Noch lange Zeit danach hat sich Kazue gesträubt, diese Erinnerung in ihrem Gedächtnis wachzurufen. Sie fand es selbst so ungeheuerlich, wie sie da Wahnsinn vorgetäuscht hatte, um die Schande zu verbergen, daß sie sich dem Mann hingegeben hatte. Aber wie würde sie dann anderen überhaupt noch verständlich machen können, daß sie mit einem Mann geschlafen hatte, sie, die sich dem Heiraten widersetzte? Der Mann besuchte Kazue nie wieder. Eines Tages kam die Großmutter und erzählte: »Von irgendwoher müssen sie erfahren haben, daß dein Vater vor seinem Tod verrückt geworden ist, daß er mit einem Küchenmesser wie wild um sich geschlagen hat. Sie meinen nun, daß der Familie Yoshino die Tollheit im Blute liege. So jedenfalls hat Herr Yonemura, der Priester vom Hachiman-Schrein, es gestern ausgedrückt, als er mich abends besuchte, um die Absage zu übermitteln.« Sie erzählte es so, als wenn es eine Geschichte zum Lachen wäre. Kazue blieb darüber völlig ruhig. »Jemandem liegt die Tollheit im Blute« – damit meinte man in dieser Gegend: jemand leidet an erblicher Geistesgestörtheit. Aber auch dieses Gerede konnte Kazue nicht irritieren, anders als die Stimme des Mannes, sein ferner, gleichsam tierischer Schrei, anders als die Spur des Mannes, die Kazue wie eine noch nicht verheilte Wunde in ihrem Körper spürte.

Im Herbst kam ein neuer Lehrer in die Schule. Er hatte ein von der Rasur bläulich schimmerndes, bleiches Gesicht. »Das ist Herr Shinoda«, stellte ihn der Rektor vor. »Er wird gemeinsam mit Ihnen denselben Jahrgang leiten, Frau Yoshino. Sprechen Sie sich jeweils gut miteinander ab.« Unter »selber Jahrgang« war zu verstehen, daß Shinoda die Begabtengruppe von Kazues dritter Klasse übernahm. Kazue spürte, wie sich mit einem Schlag die Blicke aller im Lehrerzimmer auf sie richteten. Sie zuckte zusammen. Oftmals hat sie später denken müssen, daß zwischen ihr und Shinoda bestimmt nichts geschehen wäre, wenn der Rektor sie damals nicht vor der gesamten Lehrerschaft einander vorgestellt hätte.

13

Was dann zwischen Kazue und Shinoda geschah, erweckte bei den Leuten den Eindruck, daß es so kommen mußte. Wer hätte nicht gern einmal mit eigenen Augen festgestellt, ob das, was sich zwischen Mann und Frau abspielt, tatsächlich von Anfang an unausweichlich ist. Und auch Kazue glaubte im nachhinein, ihre Zusammenarbeit mit Shinoda sei aus der Neugier des Rektors so festgelegt worden. Zu gegenseitigen Verabredungen boten sich so jedenfalls – wollten sie es darauf anlegen – mehr Gelegenheiten als genug. »Wie werden Sie in Ihrer Gruppe A die Interpunktion im Japanischen behandeln, Herr Shinoda?« Oder: »Frau Yoshino, wie wäre es, wenn wir die Gruppen A und B für die heutige nachmittägliche Turnstunde zusammenlegten und einen gemeinsamen Wettlauf zum Hachiman-Schrein veranstalteten?« Selbst wenn den beiden an solchen Verabredungen wenig gelegen hätte, wären sie dennoch unumgänglich gewesen. Immer wieder hatte er oder auch sie nach den Schulstunden mit dem anderen noch etwas im Klassenzimmer zu besprechen. Bei einer dieser Gelegenheiten fiel Kazue auf, daß an Shinodas Fingerspitzen Kreidestaub klebte, obwohl das ja schließlich bei jedem Lehrer vorkam. Shinodas Hände waren lang und schmal und ein bißchen behaart. Er wiederum sagte einmal, es mache ihm Spaß, mit ihr zusammenzuarbeiten. Das sei so fesselnd, als gelte es einen Dokumentarbericht zusammenzustellen. Tatsächlich hätte der Leistungsvergleich zwischen den Gruppen A und B Material für eine wissenschaftliche Studie abgeben können, aber Kazue schien es, als habe Shinoda eigentlich etwas ganz anderes sagen wollen, was zu dem Geäußerten in keiner Beziehung stand.

Shinoda bewohnte ein kleines Haus am Rande eines Kiefernwäldchens, etwa sechzig Meter von Kazues Wohnung entfernt. Dort besuchte ihn Kazue eines Tages, um mit ihm anhand der Notenliste die Versetzungen der Kinder durchzusprechen. Die Angelegenheit eilte zwar und sollte im Laufe des Tages erledigt werden; am darauffolgenden Tage wäre es freilich ebensogut gegangen. Unter dem Vorwand, es eile, lief sie einfach zu Shinoda. Sie glaubte, die Leute würden, auch wenn sie es sähen, sicher nichts dabei finden. Darauf wiederholten sich solche Besuche, und schließlich, weil sie darin den natürlichen Lauf der Dinge sah, ging Kazue auch hin, nur um Shinoda zu sehen. Bei Shinoda herrschte die übliche Unordnung eines Junggesellenhaushaltes. Mitunter riß Kazue die Fenster weit auf, um den Wind aus dem Kiefernwäldchen hereinzulassen. Eine Zeitlang ging auch alles gut, selbst die, die am Haus vorübergingen, kümmerten sich nur wenig um das, was Kazue tat.

Doch auf dem Lande war es ganz selbstverständlich, daß die Leute an den Beziehungen zwischen Mann und Frau interessiert waren. Und da die Zahl der Schullehrer nicht eben groß war, fanden sie schnell heraus, wer sich mit wem verbinden könnte. Obwohl also Kazue und Shinoda ahnen konnten, daß sie von allen Seiten beobachtet wurden, ließen sie in ihrem Benehmen unversehens alle Vorsicht außer acht. Während des Unterrichts etwa war es Kazue, als stehe mit einemmal Shinodas Gesicht vor ihren Augen. Dem sich zu widersetzen, besaß sie nicht die Kraft. Sie konnte ihre Gedanken nicht mehr ordnen. Und nachdem sie die Kinder angewiesen hatte, allein weiterzuarbeiten, setzte sie sich an das Lehrerpult und schrieb einen kurzen Brief an Shinoda: »Die Pflaumen haben zu blühen begonnen. Heute abend werde ich Ihnen auf jeden Fall einen Blütenzweig bringen. Kazue.« War es nötig, wegen einer solchen Lappalie einen Brief zu schreiben? Kazue aber wollte es ihm auf der Stelle mitteilen. Sie nahm den Brief, faltete ihn klein zusammen und rief eines der Kinder zu sich, befahl ihm, den Brief in

Shinodas Klasse zu tragen, und lauschte dann, wie das Kind den langen Flur an den Klassenzimmern vorbeitrappelte, bis es schließlich um die Ecke bog. Selbstverständlich kam von Shinoda keine Antwort, aber nun erst war ihr Herz zur Ruhe gekommen.

Es war ein Tag, an dem ein kalter Regen fiel. Kazue trug ein selbstgekochtes Kürbisgericht zu Shinoda. Auch am Abend dauerte der Regen an. Unter dem trüben Licht der Lampe schien das vertraute Gesicht Shinodas noch bleicher als gewöhnlich zu sein und nervös zu zucken. Kazue, die bisher nie bis zum späten Abend bei ihm geblieben war, spürte, wie sie heute beide das Eine wollten. Noch immer findet sie es merkwürdig, daß sie damals in jener spannungsgeladenen Atmosphäre überhaupt keine Angst verspürt hat. Bedenkt sie es recht, dann hätte eigentlich zu der Zeit bereits zwischen Shinoda und ihr von Heirat die Rede sein müssen, aber er hatte kein einziges Mal davon gesprochen. War es, weil er zu jenen vorsichtigen Männern gehörte, die sich jungen Frauen gegenüber so benehmen? Oder geschah es aus Schüchternheit, die ihn zögern ließ, das Thema anzuschneiden? Sie wußte es nicht. Gleichviel, Kazue fand an seiner Art nichts Unsympathisches, im Gegenteil, er gab ihr ein Gefühl der Sicherheit. Shinoda würde gar nicht heiraten wollen, er würde bloß hoffen, ihrer beider Beziehung fortsetzen zu können. Dies bildete sie sich jedenfalls ein. Sie war sicher, daß er es trotzdem ernst mit ihr meinte. Kazue selbst wollte ja sowieso aus dem erwähnten Grund nicht heiraten. Doch sie liebte Shinoda, auch ohne ihn zu heiraten. Und je mehr sie ihn liebte, desto weniger verlangte es sie danach, ihn zu heiraten. Wie lange würde ein junges Mädchen einen derart widersprüchlichen Gedanken ertragen? Doch Kazue hielt unerschütterlich daran fest. Nicht einmal daran denken wollte sie, wie es für eine Frau ausgehen mochte, die nicht vorhatte zu heiraten. Wie es ausgehen mochte? Sie sah keinen Anlaß, darüber nachzudenken. Ach nein, es hätte wohl durchaus die Notwendigkeit bestanden, darüber nachzudenken. Aber so weit vorauszudenken, war für Kazue unmöglich. Wenn es dahin käme, dann wäre ja noch immer Zeit dazu. Nein, nicht einmal das dachte sie. Sie hörte, wie der Regen aufs Dach trommelte. »Möchten Sie hier übernachten?« fragte Shinoda und blickte Kazue dabei an. Er stand auf und holte die Schlafmatten aus dem Wandschrank.

Später tauchte diese Nacht in Kazues Erinnerung immer wieder auf. Sie konnte sich nie erklären, ob es geschehen war, weil Shinoda für sie nicht der erste Mann war. Oder weil sie ihn liebte? Ohne Widerstreben hatte sie seine Umarmung hingenommen. Wer weiß, vielleicht bedeutete die Umarmung so etwas wie ein Vertrag für sie, den abzuschließen ihr allerdings unter der Vorbedingung einer Heirat nie eingefallen wäre. Zwar wußte sie sehr wohl, daß es außer ihr kein Mädchen gab, das ohne diese Vorbedingung eingewilligt hätte, mit einem Mann zu schlafen. Aber Kazue würde ihn dennoch nicht heiraten. Während sie sich dies aufs neue bestätigte, gewann sie ihre Sicherheit wieder zurück, zumal auch Shinoda nichts von einer Heirat erwähnte.

Niemand hätte glücklicher sein können als Kazue in jener Zeit. Sie besuchte Shinoda häufig, und manchmal übernachtete sie auch bei ihm. Es war ein außerordentlich nebliger Morgen. Kazue schöpfte Wasser aus dem Brunnen hinter Shinodas Haus und wusch ihr Gesicht. »Guten Morgen, Frau Lehrerin Yoshino«, rief eine alte Frau ihr im Vorübergehen zu.

14

Zu diesem Zeitpunkt soll bereits jeder im Dorf von dem Verhältnis zwischen Kazue und Shinoda gewußt haben. Davon hätten nur die Betreffenden selbst nichts bemerkt. Es war Mitte März, genau ein Jahr war vergangen, seit Shinoda nach Kawashimo gekommen war, als Kazue eines Nachmittags nach dem Unterricht zum Rektor gebeten wurde und von ihm hörte: »Es tut mir leid, Frau Yoshino, aber ich muß Sie bitten, zum nächsten Semester ihre Kündigung einzureichen. Von der Behörde kam diesbezüglich ein Bescheid. Da hilft leider gar nichts.« Kazue, die zum erstenmal einen Ausdruck wie »Kündigung auf Anraten« hörte, vermeinte in den schmalen Augen des Rektors ein feines, zufriedenes Lächeln zu erkennen.

Kazue versucht, sich zu erinnern, was sie damals im allerersten Augenblick dachte. Ganz genau weiß sie es nicht mehr. Doch statt es ungerecht zu finden, daß man Shinoda verschonte und nur sie entließ, hat sie insgeheim sogar gehofft, ihn werde man nicht bestrafen. Sie war ja eine Frau. Daß allein die Frau schwer bestraft wurde, war vor sechzig Jahren auf dem Lande die Regel, und niemand wunderte sich weiter darüber. »Was werden Sie in Zukunft machen?« fragte Shinoda. »Ich? Ich werde an die Lehrerin schreiben, die seinerzeit an eine Mädchenschule in Korea ging.« Kazue war in ihrer Schulzeit die Lieblingsschülerin dieser Lehrerin gewesen. Sie sagte daher, sie werde zu ihr nach Korea gehen, obwohl sie bis zu dem Augenblick, als Shinoda sie fragte, nicht im entferntesten daran gedacht hatte. Diese Lehrerin, sie hieß Koike, war jung und unterrichtete an einer Mädchenschule in Seoul Japanisch. Das damalige Korea war natürlich nicht das heutige. Dennoch brauchte Kazue auch damals, bis sie von ihrer kleinen Provinzstadt nach Shimonoseki, von dort mit der Fähre nach Pusan und schließlich an ihren Zielort Seoul gelangte, zwei volle Tage. Solch eine weite Reise in ein Hunderte von Meilen entferntes Land zu unternehmen, schien der jungen Kazue in ihrer verwegenen Stimmung damals ein leichtes.

Aber war Kazue denn nicht traurig, daß sie sich der Entlassung wegen von Shinoda trennen mußte? Kaum vorstellbar zwar, aber Kazue empfand – sie weiß es noch heute –, abgesehen von ihrem Abschiedsschmerz, eine geradezu absonderliche Freude bei dem Gedanken, daß sie dem Mann, den sie über ihre Entlassung zutiefst erschrocken gefunden hatte, aus der Verlegenheit helfen könnte, indem sie nach Korea ging. Die Trennung war unvermeidlich. Das wiederum half ihr, den Schmerz weniger stark zu empfinden. »Mama, ich werde vom nächsten Semester an nach Korea gehen, zu Lehrerin Koike. Seoul ist eine fabelhafte Stadt; dort gibt es einen *Haufen* Schulen. Und Lehrerin Koike wird mir sicher überallhin Empfehlungen schreiben.« Kaum verwunderlich, daß es Kazue, während sie der Mutter von Seoul vorschwärmte, selbst so schien, als hielte diese Stadt viele Möglichkeiten für sie bereit.

Am allerwenigsten machte Kazue den Eindruck einer jungen Frau, die ihre Entlassung erhalten hatte. Das war den Leuten unbegreiflich. An Kazues letztem Schultag sollten die Kinder sich auf dem Schulhof zur Abschiedsfeier aufstellen. Sie ließ sich am Tag vorher das Haar zur Shimada-Frisur* aufstecken. Als sie dann am folgenden Morgen in einem Kimono mit Pfeilmuster und lang herabhängenden Ärmeln, einem Unterkimono mit einem bestickten Kragen und einem violetten hochgeschnürten Überrock darüber erschien, sah jeder sie mit großen Augen an. Den Rektor schien es geradezu in Bestürzung zu versetzen. »Oh, Frau Yoshino, heute das Haar so fein.« Zwar steckte sich die eine oder andere Lehrerin sogar an normalen Schultagen das Haar auf japanische Art auf – die Handarbeitslehrerin etwa trug bisweilen das Haar zu Schnecken gedreht –, aber was der Rektor meinte, war nicht Kazues Frisur, sondern er war über ihr geschminktes Gesicht, ihr Festtagsgewand, die ganze Aufmachung so überrascht, zeigte sie doch so gar nichts von der demütigen Zerknirschung eines entlassenen Mädchens.

»Meinen Sie . . . vor den Kindern. So aufzutreten . . . Hmm, was für einen Eindruck könnte das hervorrufen! Ja, sehen Sie . . . ach, wissen Sie was? Ich werde zu den Schülern und Schülerinnen sprechen, und Sie gehen und halten sich derweil im Zimmer des Schuldieners auf.« Daraufhin begab er sich an den Ort der Zeremonie, und bald danach tönten seine feierlich-ermahnenden Worte vom Schulhof bis zu Kazue herüber. »Frau Lehrerin Yoshino wird zur Fortbildung von April an in eine Schule in Tōkyō gehen. Sie hatte gehofft, heute hier ein paar Abschiedsworte an euch zu richten, aber leider ist sie durch ein plötzliches Unwohlsein daran gehindert. Der Abschied von Frau Lehrerin Yoshino fällt uns allen schwer, aber da es um ihre Ausbildung geht, müssen wir es hinnehmen.« Im übrigen glaubte niemand, daß es sich so verhielt, wie der Rektor in seiner gedrechselten Rede sagte, denn die Nachricht von Kazues Entlassung hatte sich noch am selben Tag im ganzen Dorf verbreitet. Daß Kazue sich darum nicht im geringsten kümmerte, lag nicht daran, daß sie unempfindlich gewesen wäre.

Nach der Feier mußte sie, so schwer es sie ankam, endgültig von Shinoda Abschied nehmen. Sie hatte die Feier als ihre letzte Chance für eine Zusammenkunft mit ihm betrachtet und vor keinem anderen als nur ihm schön erscheinen und von ihm bewundert werden wollen. Nur das hatte sie bewegt, und deswegen war sie in ihrem Festtagsgewand, dem einzigen, das sie besaß, gekommen. Nach der Ansprache des Rektors war eine kleine Abschiedsfeier im Lehrerzimmer vorgesehen. Kazue rief den am Zimmer des Schuldieners vorbeieilenden Shinoda von hinten an, und er schaute sich tatsächlich auch nach ihr um, als er bereits auf halber Höhe der Treppe angelangt war. Sie hat sich aber wohl nicht klargemacht, daß er in seiner Verlegenheit gegenüber den anderen überhaupt keinen Blick dafür hatte, ob sie schön war oder nicht.

Noch im Laufe jenes Tages zog Kazue aus ihrem Häuschen in Kawashimo aus. Zu Hause warteten die Mutter und Geschwister auf sie. Die Mutter hatte schon von Kazues Entlassung gehört, sie machte ihr trotzdem keine Vorwürfe. Sie machte ihr keine Vorwürfe, sie war bereit, den Schimpf, den Kazue doch von der Welt zu Recht empfing, mit ihr zu teilen. Zwischen Mutter und Tochter herrschte ein schweigendes Einverständnis, wie es sonst selbst zwischen leiblicher Mutter und Tochter kaum je besteht. Nicht einmal das sagte die Mutter: Korea ist weit, geh lieber nicht. Sie wußte, Kazue würde gehen, wie weit es auch wäre. Vielleicht rief es in ihr eine ferne Erinnerung an ihren verstorbenen Ehemann wach, da hatte die Mutter auch immer nur zugeschaut. »Nicht wahr, Kazue«, sagte sie, »du wirst nicht mit der Bahn nach Bakan fahren? Du fährst mit dem Schiff. Eine Schiffsreise ist auch viel billiger. Nimm das Schiff.« An Bord könnte sie sich auf dem Tatami-Boden hinlegen, dann wäre es weniger anstrengend. Bakan, das war die alte Bezeichnung für Shimonoseki. Tatsächlich war die Schiffsreise billiger, aber die Mutter hatte etwas ganz anderes im Sinn. Sie meinte nämlich, es wäre mit dem Schiff weniger auffällig als mit dem Zug. Wenn Kazue noch im Dunkeln von dem kleinen Hafen aus abreiste, blieb es unbemerkt. Die Mutter wollte nicht, daß die Leute von der Flucht ihrer Tochter erführen.

An jenem Morgen verließen Kazue und die Mutter noch vor Tagesanbruch das Haus. Der kleine sogenannte »Neue Hafen« lag zwei Meilen entfernt. »Mama, leb wohl.« – »Erkälte dich nicht!« Das kleine Zubringerboot legte an. Nebel lag über dem dunklen Meer, verschwommen sah man die Lichter vom Schiff. Die Schiffssirene ertönte. Die am Ufer zurückbleibende Mutter erschien Kazue nun schon wie ein dunkler, schwankender Schatten. Und gleichsam in Verdoppelung der Mutter sah sie – hier, jetzt – die Gestalt des noch schlafenden Shinoda. Kazue geht weit fort. Gerade aber, als sie sich ausmalt, wie auf diese Weise die Ruhe des Mannes ungestört bleibt, kommt in ihrem Innern, gleichzeitig mit einer brennenden Liebessehnsucht, auch wieder Freude hoch.

15

Kazue blieb vor dem Haus stehen, trat aber nicht ein, sondern rief von draußen: »Frau Lehrerin Koike.« Es war ein gewöhnliches japanisches Haus, keines im koreanischen Stil. Ein Fenster öffnete sich, und die Gerufene erschien: »Nein, so etwas, das Fräulein Yoshino!« Mehr brachte sie nicht heraus. Sie machte Kazue zwar Vorwürfe, hatte aber auch Verständnis für ihre Unternehmung, für ihre große Reise aus jenem Landstädtchen hierher. Heute erst begreift Kazue, wie viele Umstände sie der Lehrerin damals gemacht hat. Denn heute erhält sie selbst Briefe von jungen leichtsinnigen Menschen, die der damaligen Kazue ähneln.

Die Lehrerin sagte noch am selben Abend, als sie nebeneinander auf den Schlafmatten lagen: »Sicherlich wollen Sie schon morgen mit einer Arbeit beginnen. Ein wenig Geduld ist freilich nötig. Warten Sie, eine Kollegin von mir hat gerade ein Kind bekommen – können Sie Windeln waschen? In der Zwischenzeit werde ich mich nach einer passenden Arbeit für Sie umschauen.« Windeln waschen – was tat es schon? Vor so etwas schreckte Kazue nicht zurück. Ähnliches ist ihr in ihrem späteren Leben noch einige Male widerfahren. Wenn sie in Schwierigkeiten geriet, paßte sie sich den Umständen stets ohne Zögern an. Das tat sie aber nicht, weil sie sie für unausweichlich hielt, und noch weniger, weil das Schicksal es so verlangt hätte oder weil es sich um etwas eigentlich Selbstverständliches handelte, vielmehr ging sie einfach in die Richtung, die ihr gewiesen wurde. Wahrscheinlich war dies ein Überbleibsel jenes Gefühls, das sie in ihrer frühesten Kindheit auf jeden Befehl des Vaters schlichtweg nur mit »Ja« hatte antworten lassen, auch wenn es dabei, wie die Leute meinten, um etwas gegangen war, das jeder Vernunft widersprach. Ohne Wenn und Aber, lediglich mit »Ja« zu antworten, das hat Kazue noch jedesmal gerettet.

Seoul im April war noch kalt. Weißgekleidete Koreaner hockten regungslos vor der kahlen Hügellandschaft. Auch die koreanischen Häuser waren anders. Und obwohl Kazue unleugbar in ein fernes, fremdes Land gekommen war, kam es ihr selbst gar nicht richtig zu Bewußtsein, daß sie sich an einem anderen, besonderen Ort befand. Ständig dachte sie nur das eine: Wie lange wird es noch dauern? Denn sie wollte hier ja nur abwarten, bis die Leute weniger streng über ihr Verhältnis mit Shinoda dachten. Was aber hieß in diesem Fall: weniger streng? Kazue wußte es selbst nicht. Gleichwohl war sie nach wie vor der festen Überzeugung, die Zeit würde kommen.

Nachts setzte sie sich hin und schrieb ihren täglichen Brief an Shinoda. Antworten kamen selten, was sie indessen nicht im geringsten an seinen Gefühlen zweifeln ließ. Shinoda war eben so. Daß er ihre ungestüme Liebessehnsucht nicht in der gleichen Weise erwiderte, erstaunte sie nicht weiter, sie gestand ihm das zu. Kazue versah ihre Arbeit mit Fleiß, denn es schien ihr, als verhieße das Schreien des Säuglings ihrem Herzen eine, wenn auch flüchtige Ruhe.

Inzwischen kam von Frau Koike die Nachricht, daß sie endlich die passende Arbeit für Kazue gefunden habe, eine Stelle als Hauslehrerin im Hause des Verlegers einer Zeitschrift für in Korea lebende Japaner. Eine wohlhabende Familie mit zwei Kindern. Morgens half Kazue beim Saubermachen, nachmittags beaufsichtigte sie die Schularbeiten der Kinder, die übrige Zeit hatte sie frei. In Kazues Augen, den Augen eines Mädchens vom Lande, war die Herausgabe einer Zeitschrift, nämlich die Arbeit ihres Hausherrn, etwas geradezu Erhabenes. Damals, vor sechzig Jahren war das vielleicht, wie Kazue heute noch meint, tatsächlich eine großartige Leistung. Sie selbst schlug vor, ob sie hier nicht bei der einfachsten, niedrigsten Arbeit mithelfen dürfe. Die

Arbeit bestand darin, alle Bekannten aufzusuchen und um Abonnenten zu werben. Ganze Tage lief sie durch die Stadt. Seoul war schließlich eine Großstadt. Die Arbeit war nicht immer interessant. Aber sicher war diese tägliche Beanspruchung genau das richtige für sie, um ihren Gefühlen für den Mann die Spannung nicht zu nehmen. Und dennoch, selbst heute, läßt sich keine Antwort darauf finden, wieso Kazue es hier drei Monate so ruhig aushalten konnte. Sie war willens zu warten, auch wenn es noch Jahre dauern sollte.

Es war ein regnerischer Morgen, von Shinoda traf ein dicker Brief ein. Der Umschlag war ein wenig feucht geworden. Schon sein Umfang ließ ihr Herz wie wild schlagen. Auf der Rückseite stand nur der Name. Shinoda schrieb: »Ich bitte Sie, den Brief in aller Ruhe zu lesen. Am 20. Juli erhielt ich meine Versetzung an die Schule des Dorfes Hirose. Schon bis dahin hatte ich Zweifel, ob es richtig war, daß Sie mir schrieben. In Hirose jedenfalls wird es mir vollends unmöglich sein, auch nur einen einzigen Brief von Ihnen zu empfangen. Schließlich bin ich doch bestraft worden. Sie werden verstehen, daß gar nicht abzusehen wäre, was passieren würde, wenn künftig weiterhin Briefe von Ihnen kämen. Wenn Sie mir helfen wollen, dann schicken Sie von jetzt an keine Briefe und keine Postkarten mehr. Ich meinerseits werde ebenfalls nicht mehr schreiben, dies hier ist mein letzter Brief.« Dies war im wesentlichen der Inhalt seines sich in Wiederholungen ergehenden Briefes. Kaum hatte Kazue zu Ende gelesen, fühlte sie, wie ihr Herz mit einem Schlag vereiste. Das Dorf Hirose ließ sich mit Kawashimo überhaupt nicht vergleichen, es war der entlegenste, elendeste Flecken mitten in den Bergen. Was sie in diesem Augenblick sonst noch fühlte? Sie kann sich nicht entsinnen. Jedenfalls lief sie geradewegs in ihr Zimmer und packte ihre Sachen. »Gnädige Frau, meine Mutter ist plötzlich krank geworden. Mir tut es wirklich sehr leid, aber ich möchte noch mit dem Nachtzug nach Hause fahren.« Das gleiche sagte sie dem Hausherrn, als sie ihn um Urlaub bat, und danach der Lehrerin Koike, die sie ebenfalls aufsuchte. Hatte sie einmal einen Weg eingeschlagen, konnte sich Kazue nicht mehr zügeln, so war sie; wie Eisenbahnschienen lief sie weiter, immer weiter.

16

Sechsundfünfzig Jahre ist es jetzt her, daß Kazue ein Mädchen von kaum mehr als achtzehn war. Auch wenn sie damals meinte, eine erwachsene Frau zu sein, so war sie letztlich doch nur ein kleines Mädchen. Heute beschäftigt Kazue bei sich drei, vier junge Mädchen, die alle etwa in diesem Alter sind wie Kazue damals. Eine von ihnen ist ein genauso unbeständiges Geschöpf, wie Kazue es vor sechsundfünfzig Jahren war. Nie weiß man, was sie im nächsten Augenblick tun wird, sogar wenn sie gerade erst eine Arbeit begonnen hat. Sie ist weder gut noch schlecht. Nur eben weiß niemand, was sie in der nächsten Minute tun wird; auch sie selbst weiß es nicht. Sie ist eben so. »Wie unbeständig sie doch ist!« denkt Kazue immer, wenn sie das Mädchen beobachtet. Ja, so ist sie. Haargenau wie Kazue vor sechsundfünfzig Jahren.

An jenem Tag legte Kazues Fähre spät abends in Shimonoseki an. Bis zur Abfahrt der landeinwärts führenden Bahn blieb noch Zeit. Kazue bummelte ziellos durch die Straßen, bis sie plötzlich vor einer Eisenwarenhandlung stehenblieb. Wieso war denn hier, kaum ein paar Meter vom Bahnhof entfernt, eine Eisenwarenhandlung? Unter dem gleißenden Licht der elektrischen Lampe – so gleißend wie niemals auf dem Lande – betrachtete Kazue die verschiedenen Messer in der Auslage, und unvermittelt betrat sie das Geschäft. Drinnen gab es Scheren, Sägen, europäische Messer und die gewöhnlichen langen und kurzen Küchenmesser. Alle waren in vorbildlicher Ordnung ausgelegt. »Bitte, geben Sie mir dieses.« Ohne zu zögern, schlug der alte Mann, der im Laden bediente, das Messer in Papier ein und reichte es ihr. Es war ein spitzes sogenanntes Kurzmesser in einer Scheide.

Die Nacht war schwül. Kazue dachte schon gar nicht mehr an das, was sie gerade eben getan hatte. Hatte sich auf dem Grunde ihres Herzens – unbemerkt von ihr selbst gar – jene Erscheinung des Vaters verborgen gehalten, wie er drei Tage vor seinem Tode auf die Straße gekrochen war und ein Messer geschwungen hatte? Oder wollte sie sich vielleicht nur einen harmlosen Scherz erlauben, indem sie zu Shinoda sagen würde: »Hier, schau mal, ein Mitbringsel, ich hab es für dich erstanden, auf dem Rückweg, in Shimonoseki«? Sie selbst hätte darauf kaum eine Antwort gewußt.

Kurz vor Mittag traf sie mit dem Zug aus Shimonoseki in ihrem Heimatort ein. Nichts hatte sich in dem Städtchen verändert. Sie war eigenartig berührt. Die Sommersonne brannte, sie ging den Weg längs der Bahngleise hinab, versunken in dem Gedanken, daß sie doch im letzten Frühjahr diesen Weg immer nach Kawashimo gegangen war. Alles kam ihr vertraut vor, sogar der lila blühende Morgentau am staubigen Wegrand. Wie wäre es, wenn ich mir einen europäischen Schirm kaufte? Dieser Einfall kam ihr. Auch auf dem Lande gab es schon damals Leute, die einen europäischen Schirm benutzten, doch Kazue würde ihn sich hier gewissermaßen aus Übermut kaufen. Ihr Gepäck gab sie am Bahnhof in Aufbewahrung. Das Messer nahm sie heraus und steckte es schräg in den Obi wie einst die Samurai. Sie lief in Richtung Stadt, und als sie am Galanteriewarengeschäft Kindoki-ya vorbeikam, kaufte sie sich einen Schirm. Einen roten Schirm. Das Gesicht durch den Schirm verdeckt, wanderte sie los. Die Kintai-Brücke links liegen lassend, lief sie auf dem Uferdamm entlang, das wilde Tosen der Stromschnellen unaufhörlich neben sich. Endlich erreichte sie den Fuß des Berghanges, doch war ihr leicht und beschwingt zu Mute unter ihrem Schirm. Wo lag denn das Dorf Hirose, in dem Shinoda lebte? Sie war nie dort gewesen. Intuitiv aber, wie etwas Angeborenes, kannte sie, die von hier stammte, die Richtung, in der es liegen mußte. Nein, nicht intuitiv. Sie hatte es immer schon gewußt, von

Kindheit an, ohne daß es ihr je irgend jemand gesagt hätte. Man mußte, dessen war sie ganz sicher, in die entgegengesetzte Richtung von Takamori gehen, weiter flußaufwärts.

Unablässig dringt das Rauschen des Flusses an ihr Ohr. Dichter wölben sich die Bäume über ihr, dunkler wird der Weg, und die Zikaden lärmen. Ab und zu begegnet ihr ein Roßtreiber, sonst kaum ein Mensch. Die Blicke der Roßtreiber bleiben zwangsläufig an Kazues rotem Schirm haften. Grußlos gehen sie vorüber. Auf dem Weg nach Takamori hatte sich noch jenes Teehaus auf dem Paß befunden, hier auf diesem Wege gab es nicht einmal das. Sie hockt sich zur Jizō*-Figur in den Schatten einer großen Eiche und wischt sich den Schweiß ab. Schon ist sie gut fünf Meilen gegangen, sie ist kein bißchen müde. Bei dem Gedanken, daß sie Shinoda gleich sehen wird, zittert sie vor Freude. Gut, daß ich zurückgekehrt bin, denkt Kazue. Längst hat sie das Messer im Obi vergessen. Langsam wird es Abend. Und endlich werden am Wegrand ein, zwei Häuser sichtbar, sie verschwinden wieder, und andere treten hervor. Die Lampen im Innern werfen Schatten auf die Papierfenster.

Kazue suchte zunächst einmal nach der Schule. Dort erfuhr sie vom Schuldiener – einem alten Mann –, daß Shinoda in einem Häuschen, das zum Tempel gehörte, wohne. »Warten Sie mal, hinten im Gebüsch ist es dunkel«, und der Alte suchte nach einer Lampe. Kazue benutzte den Moment, sich kurzerhand fortzustehlen. Sie rannte los. Ob es gut war, von dem Alten gesehen worden zu sein? Zum erstenmal befiel sie eine entsetzliche Angst. Und mußte nicht auch in Shinodas Herz die gleiche entsetzliche Angst toben?

Als sie dieser Gedanke durchfuhr, fiel ihr auch wieder ein, daß sie das Messer bei sich trug. Ich sollte es wegwerfen – ganz leise kam ihr dieser Gedanke, doch sie warf das Messer nicht fort. Mit dem Schirm teilte sie das Gras und schritt voran. Hinter dem Gebüsch fand sie das Haus. Die Holzläden vor Fenstern und Türen waren fest verschlossen, nur durch die Ritzen drang etwas Licht. Sie rief: »Herr Shinoda«, aber es rührte sich nichts. So rief sie noch einmal: »Herr Shinoda, ich bin es, die Yoshino. Ich bin zurück aus Korea.«

Da, mit einem Ruck wurde der Holzladen der Tür beiseite geschoben, hochaufgerichtet stand Shinoda in einem weißen Baumwollkimono in der Öffnung, als wollte er ihr den Weg versperren. Sein Gesicht konnte sie im ersten Augenblick gar nicht erkennen, denn er hatte das Licht im Rücken. Aber plötzlich machte er einen Schritt auf sie zu und faßte sie an den Schultern. »Sie? Frau Yoshino?« Seine Stimme bebte. »Haben Sie meinen Brief denn nicht gelesen? Weshalb sind Sie gekommen, was wollen Sie hier?« – »Herr Shinoda«, und sie wußte nicht mehr, was weiter zu sagen wäre. Ach nein, sie wußte sehr wohl, was sie hätte sagen müssen. Shinoda hätte sie nur mit den Worten zu empfangen brauchen – schön, daß Sie wieder hier sind, Sie müssen sehr müde sein. Ich habe mich ebenfalls vor Sehnsucht nach Ihnen verzehrt –, und sie wäre sogleich, auf der Stelle noch, nach Korea zurückgekehrt. Sie hatte gar nicht die Absicht, bei ihm zu bleiben. Deswegen hatte sie ja auch das Gepäck am Bahnhof abgegeben. Das hatte sie ihm sagen wollen. Und nun sagte sie: »Herr Shinoda, ich bin nur auf einen Sprung zurückgekommen. Ich bin auch nur dem alten Schuldiener begegnet, sonst niemandem.« – »Was! Dem Schuldiener! Und Sie haben wohl gar noch mit ihm gesprochen! Ach, damit ist alles aus! Wenn Sie den Schuldiener getroffen haben, weiß es das ganze Dorf. Wahrhaftig, können Sie immer nur an sich selbst denken!«

In diesem Augenblick begriff Kazue; sie verstand, was sie dem Mann angetan hatte und was es für ihn bedeuten mußte. Sein Entsetzen fiel mit unvermittelter Wucht auf sie zurück. »Herr Shinoda«, und vor Schreck umklammerte sie seine Knie. Shinoda sprang zurück. »Kehren Sie sofort um, sofort, sag ich. Die Stadt können Sie während der Nacht noch erreichen. Schnell, so gehen Sie doch schon«, sagte er beinahe flüsternd und wiederholte: »Gehen Sie, sag ich.« Er packte sie an den Schultern, stieß sie zurück. Kazue taumelte nach hinten ins Gebüsch, wobei die Messerscheide nach oben glitt und auf ihrem dünnen Sommerkimono zum Vorschein kam. »Ist es die Möglichkeit! Sie!« rief Shinoda, jetzt völlig außer sich, und sprang in den Garten. »Damit wollten Sie mir also drohen!« preßte er hervor, stieß sie zu Boden und nahm das Messer an sich.

17

Am Himmel stand ein fahler Mond. In Shinodas Gesicht malte sich Entsetzen, wie sie es nie zuvor bei einem Menschen gesehen hatte. Er atmete heftig. »Das also haben Sie bei sich...«, begann er und schaute sich noch einmal nach Kazue um. Doch dann verstummte er, nahm die Stufe zur Veranda, ging ins Haus und schloß den Holzladen.

Die kühle Nachtluft hüllte Kazue ein. Sie konnte sich gar nicht mehr darauf besinnen, was geschehen war. Richtig, sie hatte ein Messer eingesteckt, aber sie wußte nicht mehr, wozu sie es eigentlich mitgenommen hatte. Doch, sie wußte es sehr wohl. Nie, nicht einmal im Traum, wäre ihr aber eingefallen, Shinoda etwas anzutun; sie hatte ihm nur zeigen wollen, daß sie ein Messer bei sich hatte. Weshalb? Wozu hatte sie es ihm zeigen wollen? Hatte sie so sehr gehofft, daß Shinoda beim Anblick des Messers seine Haltung ändern würde?

Als sie sich dessen bewußt wurde, erschrak sie. Es war völlig egal, wo oder wie es krumm gelaufen war, was passiert war, konnte nicht mehr rückgängig gemacht werden. Nur allzu gut verstand sie seine Reaktion. Mit einem Schlag war das Band zwischen ihr und Shinoda zerschnitten, unwiederbringlich. Doch Kazue weint nicht. Was! ein Mädchen, kaum achtzehn Jahre alt, weint nicht einmal, wenn es erfährt, daß es von einem Mann verraten wurde? Kazue fand es durchaus natürlich, daß Shinoda aufgehört hatte, sie zu lieben. Sie war nicht länger die Frau, die er liebte, sondern die, welche seine Sicherheit bedrohte und die er fürchten mußte. Und so hatte sie sich auch benommen. Sie fand es darum ganz natürlich, daß er vor ihr geflohen war. Die

Sträucher und den Teich im Garten nahm sie wie durch einen Nebel wahr. Die Insekten zirpten. Kazue spürte, wie ihr die Kälte bis zu den Knien hinaufkroch. Erst jetzt kam ihr alles zu Bewußtsein, erst jetzt begriff sie, was geschehen war. Als wäre ein Bann gebrochen, so klar war es ihr. Wie könnte man das Gefühl dieses Augenblicks beschreiben? Das Gefühl, mit dem sie früher jeden Befehl des Vaters erfüllt hatte, erwachte wieder in ihr. Es wäre keine Lüge, zu sagen, daß sie dies ohne jede Bitterkeit empfand.

Auch in ihrem späteren Leben faßte Kazue immer wieder blitzschnell Entschlüsse. Shinoda nachzulaufen – dieser Gedanke kam ihr einfach nicht. Wie jemand, der jäh aus einem Traum erwacht, hielt sie inne.

Kazue erhob sich. Mechanisch klopfte sie die Erde von sich ab, nahm ihren Schirm auf, und ohne sich noch einmal umzuschauen, ging sie den Weg, den sie gekommen war, zurück. Der Mond schien, als ob er ihr den Rückweg weisen wollte. Ein junges Mädchen, vom Freund im Stich gelassen, schleppt sich traurig dahin. Nein, so war es nicht. Kazue ging lediglich den Weg, der ihr bestimmt war. Sie selbst hatte die Sache herbeigeführt, und also hatte es auch so kommen müssen. Sie hörte das vertraute Klappern ihrer Geta gegen den nächtlichen Himmel hallen, trotzdem zitterte sie. Bis nach Kawanishi waren es gut fünf Meilen. Sie lief so rasch, als ob sie die Erde kaum berührte.

Im Ort waren die Holzläden überall fest verschlossen, alles lag im Schlaf. Als Kazue sich dem Elternhaus näherte, fühlte sie zum erstenmal, daß Tränen über ihre Wangen liefen. Süße Tränen. »Mama! Mama«, rief sie laut an der Tür. »Mama, ich bin wieder da, ich bin aus Korea zurück.«

18

Seit dieser Nacht hat Kazue niemals wieder, zu keiner Menschenseele, auch nur ein Wort über Shinoda fallen lassen. Geschweige denn, daß sie sich angeschickt hätte, anderen über den Schmerz ihrer Verstoßung zu klagen. Das verlangte von ihr nicht einmal besondere Tapferkeit. Ihr Verhältnis zu Shinoda hatte im Tempelgarten, dort in Hirose, ein Ende gefunden. Sie hatte es einfach zur Kenntnis genommen. Das mag den Anschein von Kaltherzigkeit haben, doch war dem nicht so. Zwischen ihr und Shinoda war es unwiederbringlich aus. Selbst im Familienkreis sprach sie niemals wieder von ihm.

»Mama, eine gute Nachricht!« Eine gute Nachricht – was sonst hätte man der Mutter nach langer Abwesenheit beim Wiedersehen sagen können? »Ich bin zurückgekommen, um hier für die dortige Zeitschrift zu arbeiten.« Das stimmte und stimmte auch wieder nicht. Denn trotz ihrer überstürzten Heimkehr hatte sie nicht vergessen, Subskribentenformulare für die Zeitschrift einzupacken. Das Gefühl, etwas tun zu müssen, verließ sie niemals.

Kazue weiß nicht, weshalb sie das Gefühl hat, ständig etwas tun zu müssen. Seit ihrem sechzehnten Lebensjahr, seit ihrer ersten Anstellung in jenem Frühjahr, bis heute, da sie über siebzig ist, war sie unablässig tätig. Sie hat im Stücklohn genäht. Sie hat als Kellnerin in einem Hotel gearbeitet. Jede Arbeit ist ihr recht gewesen. Obwohl es immer auch ums Geldverdienen ging, so war es nie das allein. Sie hatte einfach die Gewohnheit zu arbeiten. Nicht, weil sie ein besonders fleißig veranlagter Mensch gewesen wäre. Vielmehr glich sie dem Insekt, das kriecht, dem Vogel, der fliegt. Möglicherweise ist es aber auch einfach die Gewohnheit eines Mädchens vom Lande gewesen und war Kazue selbst gar nicht bewußt.

Wenn sie jetzt von Arbeit spräche, würde es die Mutter beruhigen. Jedenfalls glaubte Kazue das. Und diese Kazue hatte nichts mehr mit jenem Mädchen gemein, das erst gestern ein Messer gekauft und einen Mann damit aufgesucht hatte. Schon würde ihr das niemand mehr glauben.

Kazues Einfall wurde – so ließe sich argumentieren – eben auch von der Mutter und Satoru, der nun bereits zur Mittelschule ging, unterstützt, indem beide diese neue Arbeit fast ehrfürchtig bestaunten. Heutzutage kann man sich gar nicht mehr vorstellen, wie großartig eine Zeitung oder eine Zeitschrift, kurz alles Gedruckte, vor sechzig Jahren den Leuten auf dem Lande erschien. Nie wäre es ihnen in den Sinn gekommen, daß die Arbeit eines Zeitschriftenwerbers eine lächerlich bescheidene war, insbesondere wenn man sie mit der sich später in ganz Japan ausbreitenden Versicherungswerbung vergleicht.

Aufgeregt riet ihr Satoru: »Weißt du, du gehst nach Takamori. Du läßt dir von denen eine Empfehlung schreiben, und mit der wirst du dir in sämtlichen Zweigfamilien Abonnenten verschaffen.«

Anscheinend fand Satorus Vorschlag in Takamori gute Aufnahme. Als Kazue das Stammhaus besuchte, wurde sie genauso freundlich wie zu Lebzeiten des Vaters empfangen: »Sieh an; Kazue! Nein, aber wie verändert! Im ersten Moment hab ich doch wirklich nicht gewußt, wer's ist.« Womit die Tante zugleich ihr Erstaunen über Kazue zum Ausdruck brachte, die sie zum erstenmal geschminkt sah. Das also war das Mädchen, das ganz allein nach Korea gegangen war! Kazue selbst hatte ihre Entlassung längst schon vergessen, während gerade jetzt das Gerede darüber nach Takamori gelangt war. So galt die Neugierde der ganzen Familie nunmehr der entlassenen Kazue und ihrer Kundenwerbung, einer Beschäftigung, von der noch nie jemand gehört hatte. Es tat den Verwandten der Stammfamilie im Grunde leid, daß nach dem Tod von Kazues Vater, jenem zügellosen Zweitältesten, die Verbindung zu dessen Hinterbliebenen so gänzlich abgebrochen schien. Was nun Kazues Bitte betraf, so war sie gering und kaum der Rede wert. »Aber natürlich, ich schreib dir den Brief an die Verwandten. Ich werd an alle schreiben. Die meisten haben zudem schon eine Ahnung von dir, in dieser Sache da.« Hier verstummte die Tante plötzlich.

Sollte man nicht dieses Mädchen, das entlassen worden und bis nach Korea gefahren war, aufhalten? War das Mädchen nicht nahe daran, den gleichen Weg wie sein liederlicher Vater einzuschlagen? Müßte man es nicht schleunigst daran hindern? Noch war es nicht zu spät. Sollte man es nicht am besten gleich von der besagten, völlig unverständlichen Beschäftigung für diese Zeitschrift abbringen, damit es wie ein normales Mädchen heiraten könnte? Das dachte die Tante. Doch wie könnte dieses Mädchen dazu überredet werden? Die Tante starrte die geschminkte Kazue an, als ob das Unglück in Person vor ihr stände.

»Übernachte doch heute bei uns. – Und du, O-Koto, geh nachher mit Kazue, wenn es zum Abend kühler geworden ist, zum Friedhof, am Grab beten.« Mit dieser Anordnung für das Dienstmädchen unterbrach die Tante fürs erste ihre Überlegungen.

In den alten Familien auf dem Lande war es Brauch, das Grab der Ahnen aufzusuchen, um den Verstorbenen den Besuch mitzuteilen. Der Tempel, zu dem die Yoshinos gehörten, lag direkt auf der anderen Straßenseite, und jenseits seines etwas schattigen Gartens befand sich das Familiengrab des Stammhauses mit den dreißig, vierzig eng aneinandergedrängten Grabsteinen. Kazue steckte Weihrauchstäbchen vor ihnen auf, brachte Blumen als Opfergabe dar, und dabei erfüllte sie ein unaussprechliches Gefühl. Riesenhaft große, stolze, prächtige Grabsteine standen hier und daneben andere, die nur aus kleinen aufeinandergesetzten Steinen bestanden. Wenn es die Gräber der Yoshinos waren, der

Vorfahren seit undenklicher Zeit, ja dann müßten auch der Vater und sie, Kazue, hier beigesetzt werden, um jene Reihe fortzuführen. Ein kaum zu beschreibendes Gefühl befiel das junge Mädchen, die Vagabundin, die aus der Fremde heimgekehrt war, obgleich sie sich dessen nicht bewußt war. Der düstere Ulmenhain hinter dem Tempel, der rote Abendhimmel – sie schienen Kazues ganzes Sehnen gleichsam zu umfangen, und Kazue selbst konnte gar nicht mehr glauben, daß sie erst gestern mit einem Messer einen Mann aufgesucht hatte. »Fräulein Kazue, passen Sie auf, die Mücken sind schon heraus.« Kazue wäre noch länger hier sitzen geblieben, hätte O-Koto sie nicht aus ihren Träumen gerissen.

19

Den Empfehlungsbrief der Tante in Händen, besuchte Kazue die Dörfer der Umgebung: Shigino, Kawagoe, Fujiu, Tabuse, Marifu, Mishō. Zwar waren die dortigen Familien nicht so wohlhabend wie die in Takamori, aber alteingesessen waren auch sie alle. Und wo immer Kazue hinkam, spielte sich der Empfang ab wie in Takamori, in genau der gleichen Weise und in genau der gleichen Reihenfolge. Überall warfen sie erst einen verwunderten Blick auf die geschminkte Kazue, und dann, während sie ihrer Bitte freundlich nachkamen, fragten sie sich mitleidig: Was tun, um diese Kazue wieder zu einem einfachen Mädchen zu machen? Nur Kazue selbst bemerkte nichts von alledem. Sie erhielt ja, genau wie in Takamori, überall einen Empfehlungsbrief, ehe sie weiterzog. Deswegen glaubte sie auch, mit der Arbeit könne es gar nicht besser gehen. Jeder Mensch glaubt in jungen Jahren an den eigenen Erfolg. Und da weder Kazue noch die Mutter noch die Geschwister den leisesten Zweifel an dieser Arbeit hegten, so erfüllte – wenn auch nur für kurze Zeit – unentwegt fröhliches Lachen das Haus in Kawanishi.

Eines Abends nahm Kazue die Geschwister zum Eisessen mit an das Flußbett unter der Garyō-Brücke. Das Allerseelenfest mit seinem Tanz war schon vorüber, aber noch hatte man die Eisbuden nicht abgebaut, noch hing die Girlande roter Laternen davor und standen Bänke dort. Kazue hatte ein wenig Geld in ihr Brusttäschchen gesteckt. »Eisessen gehen«, das war im Sommer der einzige Luxus, den man sich damals erlaubte. Kazue würde jetzt also mit den Geschwistern gehen, sich diesen Luxus erlauben. Sie trug einen nagelneuen weißen Baumwollkimono und war unaussprechlich glücklich, als sie auf die ihr nachlaufenden Kleinen blickte. Eine Frau kam ihnen entgegen und grüßte: »Ah! Fräulein Kazue. Wieder daheim?«, wobei Kazue einen Moment lang nicht einmal daran dachte, es könnte eine Anspielung auf ihre Rückkehr aus Korea sein. Hier auf dem Lande vergaß man jedoch niemals, was ein junges Mädchen getan hatte, als wäre jede seiner Taten in einem Heft registriert. »Diese Alte«, schimpfte Satoru. Kazue tat indessen so, als hätte sie es nicht gehört.

Es war eine mondlose Nacht. Das Flußbett lag im Dunkel, überall aber spiegelte sich das Licht der schwankenden roten Laternen im Wasser. Auch die Gesichter der auf den Bänken Sitzenden waren von ihrem Widerschein flammend rot. Ein leichter Wind vom Fluß strich vorüber.

»*Nē-sama*, ich nehme *kintoki*.« – »Ich auch!« – »Hallo, wir hätten gern *kintoki*, sechs *kintoki* bitte!« *Kintoki*, das war die teuerste Eissorte; es war Eis mit süßen, gekochten roten Bohnen obenauf. »Sechs Portionen *kintoki*« – in dem Moment, als die Bestellung weitergegeben wurde, sprach eine Frau auf der Nachbarbank Kazue an: »Kazue? Tatsächlich, Kazue. Jetzt hab ich dich fast nicht wiedererkannt, so ausnehmend schön bist du geworden.« Es war die Tante aus der Teppō-Gasse, unverwechselbar mit ihrer einschmeichelnden süßen Stimme. »Du, Jōji, schau mal, Kazue«, aber der junge Bursche neben ihr wandte sich nicht um. Er trug einen weißen Baumwollkimono und auf dem Kopf eine Mütze, deren drei weiße Streifen auch in der Nacht deutlich sichtbar waren. Satoru flüsterte: »Der besucht die Oberschule Nummer Drei in Kyōto.« – »Eine Ewigkeit haben wir uns nicht gesehen. Seit damals. Wie viele Jahre wohl? Jōji! Rück doch mal die Bank näher.« Jōji aber tat, als habe er nichts gehört, und so machte die Tante Anstalten, die Bank selbst zu Kazue hinzutragen. »Nicht doch, Tante.« Kazue war aufgestanden und half ihr. »Na, Jōji! Wie geht's?« Jōji war Keiichis jüngerer Bruder, der sich in der kurzen Zeit, während Kazue bei der Tante lebte, stets hinter dem Rücken des Älteren versteckt und kein Wort hervorgebracht hatte. Wie die Tante erzählte, lebte Keiichi jetzt in Tōkyō, während Jōji die Oberschule in Kyōto besuchte. Sie selbst würde, meinte sie, gern zu Jōji nach Kyōto ziehen, da sie sich um den allein in Untermiete lebenden Jungen Sorge mache, doch wegen »Väterchen« ginge das eben schlecht. Freilich wäre es billiger, jemand lebte mit Jōji und nicht er allein in Kost. Das klang, als wollte die Tante andeutend fragen, ob Kazue nicht Lust hätte, mit Jōji nach Kyōto zu gehen. Was aber meinte die Tante wirklich damit?

Was mochte es wohl bedeuten, daß man sie, die immerhin einmal zehn Tage lang die Frau des älteren Bruders gewesen war, jetzt aufforderte, nach Kyōto zu gehen? Merkwürdig, in Kazues Ohren klangen die Worte der Tante immer schmeichelhaft und unglaubwürdig in einem. »Geben Sie noch zwei *kintoki* dazu. Und alles zusammen dann auf meine Rechnung«, bestellte die Tante.

Bei der Heimkehr erzählten die Kleinen der Mutter gleich, daß die Tante ihnen *kintoki* spendiert hatte. Alles habe sie bezahlt. »*Nē-sama* brauchte keinen Sen zu zahlen! Ist das nicht toll!« Und dann erzählten sie auch noch: »Denk dir, Mama, Jōji geht in die Oberschule Nummer Drei!«

In der darauffolgenden Zeit dachte Kazue unwillkürlich immer wieder daran, was die Tante gesagt hatte, und in ihrer Erinnerung tauchte das Gesicht Jōjis wieder auf, wie er die ganze Zeit über, während sie nebeneinander auf der Bank gesessen hatten, stumm und abweisend geblickt hatte. »Er ist ihm ähnlich!« dachte Kazue; er sieht dem verstorbenen Morito ähnlich, der im Frühling ihrer fünfzehn Jahre Gegenstand einer flüchtigen Liebe gewesen war.

Es ist aber auch möglich, daß diese beiden Menschen überhaupt keine Ähnlichkeit miteinander hatten. Nur Kazue glaubte wohl, aus jener Verschlossenheit und Stummheit etwas herauslesen zu können. Möglicherweise bestand ja die ganze Ähnlichkeit nur darin, daß Moritos Mutter die Familie mit ihrer immer lauten Stimme herumkommandiert hatte und Jōjis Mutter pausenlos redete. Viel später hat sich Kazue häufiger daran erinnern müssen. Und obwohl es auch dafür nicht den geringsten konkreten Anhaltspunkt gab, war Kazue dennoch fest davon überzeugt, daß Jōji sich in sie verliebt hatte. Woher dieses Gefühl kam, wußte sie selbst nicht. Allein dieses Gefühl machte, daß ihr ganz heiß wurde.

Eines Morgens traf unerwartet ein Brief von Jōji ein. Es war ein kurzer Brief, der nichts Nennenswertes enthielt. »Ich wohne in einem kleinen Tempel, der zum Chion-Tempel gehört. Dort habe ich ein Zimmer gemietet.« Ein Brief von Jōji! Diesem Jōji, dem sie nur das eine Mal dort unter der Garyō-Brücke begegnet war und der kein einziges Wort hervorgebracht hatte. Sie glaubte, Jōjis Zimmer im Tempel vor sich zu sehen. Auch kam es ihr vor, als gliche dieser Brief in seiner banalen Alltäglichkeit den Briefen, die Morito einstmals in die Dachrinne gesteckt hatte. Kazues Antwort war ebenfalls kurz und lapidar. Und so belanglos, wie dieser Briefwechsel zwischen beiden war, schien es unwahrscheinlich, daß irgendwelche Folgen daraus entstehen würden. Doch gegen Ende der Winterferien schrieb Jōji den folgenden Brief: »Am 26. nachmittags fahre ich um 3 Uhr von Kyōto ab und komme abends um 9 Uhr 26 in Hiroshima an. Werden Sie mich abholen?«

20

Wenn Kazue die Jahre an ihren Fingern abzählt, weiß sie, daß die Mutter damals, vor fünfzig Jahren, nicht älter als ein- oder zweiunddreißig gewesen sein kann. Damals galt eine Frau in diesem Alter schon nicht mehr als jung. Wie hart muß der Mutter, die nach dem Tod ihres Mannes fünf noch kleine Kinder hat großziehen müssen, jeder einzelne Tag ihres Lebens angekommen sein. Obendrein mußte sie ja noch auf eine Stieftochter aufpassen, bei der kein Tag verging, ohne daß sie etwas Neuem nachjagte. Heute begreift Kazue, was das für die Mutter bedeutete. Ob die Mutter nie Sehnsucht nach einem anderen Menschen – die Kinder ausgenommen – verspürte? Ob ihr Herz nie leis, wie im Winde erzitterte? Jedesmal, wenn sich Kazue in die Gefühle der Mutter von damals versetzt, ist sie betroffen. »Jōji kommt heute aus Kyōto. Ich geh ihn abholen«, rief Kazue der Mutter zu, kleidete sich um und verschwand. In dieser Nacht kam sie nicht nach Hause.

Während der nächtlichen Stunden, in denen die Mutter auf Kazue wartete, wanderten ihre Gedanken immer wieder zur Tante in die Teppō-Gasse. Stehen vielleicht die Tante und Kazue doch irgendwie in Kontakt miteinander? Ist Kazue deswegen Jōji abholen gegangen und nicht nach Hause gekommen? Die Mutter dachte wieder an jene Nacht zurück, da die kleine Kazue als Braut in die Teppō-Gasse gezogen war. Damals war sie Keiichis Frau, und nun bändelte sie mit Jōji, dem jüngeren Bruder, an. Konnte man das gutheißen? Aber vielleicht war es ja so das beste. Das arme Kind – in den Augen der Leute war es nicht mehr unschuldig und konnte nicht mehr ohne weiteres in jede Familie einheiraten. Wenn Kazue also noch einmal in die Familie der

Tante, der Blutsverwandten, aufgenommen würde und künftig in Kyōto oder Tōkyō lebte, dann hätten selbst die tratschsüchtigen Leute auf dem Lande nichts mehr zu reden. Wäre das nicht das allerbeste für Kazue? Mit derlei Überlegungen versuchte die Mutter Kazues dreistes Benehmen in dieser Nacht zu entschuldigen.

»Da bin ich wieder!« Am Nachmittag des nächsten Tages tauchte Kazue wieder auf. »Ich hab ihn in Hiroshima abgeholt. Dann haben wir einen Bummel durch die Stadt gemacht, und ehe wir uns versahen, war es schon zu spät, um noch zurückzufahren. Da haben wir eben in einem kleinen Gasthaus am Stadtrand übernachtet«, verkündete sie unbekümmert. Es überraschte die Mutter kaum, daß Kazue mit einem jungen Mann in einem Gasthaus übernachtet hatte. Aber sie erschrak doch über die ungenierte und offene Art, in der Kazue davon sprach.

Warum Kazue in ihrem Umgang mit Jōji so gelassen war, konnte niemand so recht begreifen. War es, weil sie glaubte, Jōji sei ihr Vetter, und die Verwandten würden es schweigend dulden? Oder war sie doch nicht so leidenschaftlich entflammt?

Wenn Kazue in späteren Jahren an ihr Verhältnis mit Jōji zurückdachte, war es ihr immer wieder unbegreiflich, wie und wann es überhaupt dazu hatte kommen können. Tatsache ist, sie war auf Jōjis Brief hin nach Hiroshima gefahren, um ihn dort von der Bahn abzuholen. Sie war noch nie in Hiroshima gewesen und hatte bei dem Gedanken, daß es die Stadt mit der von Morito besuchten Kadettenanstalt war, die Stadt mit dem Krankenhaus, in dem er krank gelegen hatte, nicht ruhig bleiben können. Tatsächlich hatte sie am anderen Morgen in ihrem Gasthaus das Trompetensignal zum Wecken in der Kaserne gehört und die Straßen von Soldaten wimmeln sehen. Doch der Mann, der neben ihr daherschritt, war nicht Morito gewesen, sondern ihr Vetter Jōji, und sie hatte gedacht, ich liebe Jōji nicht weniger als Morito.

Danach dauerten Jōjis Ferien noch etwa einen halben Monat. In dieser Zeit ging sie öfter in die Teppō-Gasse. Und nach Neujahr nahm sie sogar Satoru mit dorthin. Von da an besuchten sich nicht nur Kazue und Jōji, sondern auch die beiden Familien, so daß Kazues Verhältnis mit Jōji für niemanden mehr ein Geheimnis blieb. Ohne daß es jemand so bestimmt hätte, galt es als abgemacht: Jōji würde allein nach Kyōto vorausfahren, und Kazue würde später nachkommen. Und als verstünde es sich von selbst, sagte die Tante: »Also, du nimmst dann bitte die zwei gefütterten Kimonos für Jōji mit«, was nur bedeuten konnte: Kazue geht zu Jōji. Seltsam, daß sich auch dabei kein Mensch etwas dachte.

An einem kalten Februarmorgen, noch ehe es hell wurde, bestieg Kazue das Schiff, gleichsam, als ob es ein für allemal so bestimmt wäre, daß jedes Wegfahren mit dem Schiff und vor Tagesanbruch erfolgen müsse. Vom »Neuen Hafen« ablegend, nahm das Schiff den Kurs durch die Inlandsee, erreichte Kobe, danach Ōsaka, und von dort nahm Kazue die Bahn nach Kyōto. Aber warum fuhr Kazue nicht mit einem direkten Zug nach Kyōto? Gewiß aus den gleichen Gründen wie damals, als sie nach Korea ging. Die Schiffsreise war billiger; und genau wie damals auch reiste sie nicht vom Bahnhof ab, wo sie von jedermann leicht hätte gesehen werden können, sondern vom kleinen Hafen, möglichst unbemerkt, noch vor Tagesanbruch.

Irgendwann waren Kazue alle diese Überlegungen vertraut geworden. Hatte sie denn etwas in den Augen anderer Leute Schimpfliches getan? War jeder Aufbruch von daheim eine Flucht? Im Morgennebel ertönte die Schiffssirene. »Mama, leb wohl.« – »Erkälte dich nicht!« Es waren die gleichen Abschiedsworte wie damals.

Kazue verspürt kein Heimweh nach den Bergen, die schon bald hinter den kleinen Inseln im Dunst verschwimmen. Vor langer Zeit kehrte der Vater seiner Heimat den Rücken und zog in die Ferne. Ist sie nicht dabei, das gleiche zu tun und mit den gleichen Gefühlen?

Noch am selben Tag traf sie nachmittags in Kyōto ein. Jōji, angetan mit einem dicken warmen Kimono, war gekommen, um sie abzuholen. Er strahlte, als er sie sah. Kein Wort zur Begrüßung sonst. Sie bemerkte zum erstenmal, daß, wenn er lachte, seine Augen von den buschigen Brauen tief beschattet wurden. Und sie weiß heute noch, wie kalt es an jenem Tag in Kyōto war, so kalt, daß sie eine Gänsehaut bekam. Jōjis Tempel, in einer Ecke der weitläufigen Anlage gelegen, wirkte freudlos. Es war kaum zu glauben, daß er zu dem berühmten Chion-Tempel gehören sollte. Von einem ungedielten Flur gingen mehrere gleich aussehende Zimmer ab. Bildeten sie nicht den Urtyp dessen, was später Mietwohnung hieß? Zu einem dieser Zimmer führte Jōji sie.

Drinnen befanden sich Tisch, Bücherbord und Holzkohlenbecken, an der Wand hingen Jōjis Kimonos. Als Jōji Cape und Mütze ablegte und sie dazuhängte, tat Kazue das gleiche mit ihrem Kimono, denn einen Wandschrank gab es in dem Zimmer nicht. Welch atemberaubender Anblick – ihr violetter Frauenkimono da neben dem schwarzen Cape!

»Hast du es nah zur Schule?« – »Ja, ganz nah.« Das waren die ersten Worte, die sie miteinander wechselten. Kazue gefiel das kahle Zimmer. Ob das einfache Leben, das sie heute beginnen würden, Zusammenleben von Frau und Mann genannt werden könnte? Wie friedlich würde es sein! Jōji gegenüber hatte sich ihre Furcht vor dem Augenblick der Demaskierung verloren, diese Furcht, die sie vor allen anderen Männern gehabt hatte. Er kannte ja ihr Geheimnis, er hatte sie gekannt, als sie dreizehnjährig, ungeschminkt, noch das »Mohrchen« gewesen war. War es dieses Geheimnis gewesen, das bislang ihre Beziehungen zu allen Männern überschattet hatte? Sie spürte, daß es zwischen ihr und Jōji keinerlei Geheimnisse gab, und es wurde ihr warm ums Herz.

»Wo hast du die Holzkohle? Man muß heizen, bei dieser Kälte.« Sie sagte es scherzend und stand auf. So begann ihr Zusammenleben.

21

Wie sollte man dieses neue Leben der beiden bezeichnen? Wie läßt sich anderen begreiflich machen, daß das Fehlen jeglicher Vorstellung von dem, was Ehe bedeutet, bei Kazue etwas durchaus Natürliches an sich hatte? Kazue fürchtete den Augenblick, da ihr geschminktes Gesicht entlarvt würde, da ihr dunkles hervorträte, und so glaubte sie fest, sie würde niemals heiraten. Konnte es aber so etwas überhaupt geben? Sie wußte, wie schön sie war, wenn sie sich geschminkt hatte. Ja, schon zu der Zeit fanden alle, die sie kannten, sie sei außergewöhnlich schön. Bei der Vorstellung, sie könnte ihrer Maske beraubt werden, fühlte sie sich jedoch vor Furcht ganz klein. Wie lange würde sie in dieser Furcht leben müssen? Jedesmal, wenn sie an diesem Punkt angelangt war, hörte sie auf zu denken und blieb einfach bei ihrer Abneigung gegen Heirat und Ehe.

Infolgedessen bezog sie wie selbstverständlich die übliche Anschauung von Ehe als etwas Heiligem nicht auf sich. Auch ihr Zusammenleben mit Jōji verstand sie – wie alle ihre bisherigen Verhältnisse – nicht als Ehe. Obwohl sie zumindest vor Jōji ihrer Maske wegen keine Furcht hätte haben müssen – was einen großen Unterschied machte –, betrachtete sie sich in ihrem Zusammenleben als unverheiratet. Und obwohl es also keinen Grund für sie gab, gegen die Ehe zu sein, hielt sie dennoch an ihrer Gewohnheit fest, weil sie eben so dachte. Anderen mag es unfaßbar erscheinen, Kazue aber befreite sich in ihrem langen Leben, gleichsam als wäre dieses Denkmuster ein Schutzinstinkt, stets auf völlig natürliche Weise von dem Wort Heirat.

Wie aber wollte Kazue das Zusammenleben von Mann und Frau nennen, wenn sie es nicht als Ehe bezeichnen mochte? Sie nannte Jōji nicht beim Namen, sondern »Brüderchen«, was die auf dem Lande übliche Anrede für den Bruder war. Gewiß, Jōji war für sie kein Fremder, er war ihr Blutsverwandter, ihr Vetter. Und die Anrede »Brüderchen« entsprang auch einem halb aufrichtigen Gefühl; andererseits war es auch eine Lüge.

Bisweilen fielen die Leute auf die an sich ziemlich naiven Täuschungsversuche herein, mit denen sie und Jōji die anderen glauben machen wollten, sie wären keine Eheleute, sondern Geschwister. Sie waren Vetter und Base und ähnelten sich irgendwo. Und der Altersunterschied von nur einem Jahr machte es noch ein wenig wahrscheinlicher, daß sie nicht Mann und Frau, sondern Geschwister waren. Die Zimmer, die der Tempel vermietete, lagen alle nebeneinander; ein gemeinsamer Waschplatz befand sich draußen. Hier spülten die Mieter ihre Teller und Schalen; hier wuschen sie Reis oder wuschen sich morgens das Gesicht. Und wenn hier einer Jōji anredete: »Na, Sie haben es jetzt aber gut, Ihre Schwester ist gekommen«, unternahm er, wortkarg, wie er war, nichts, um ihn zu korrigieren. Ebenso, wenn ein Schulkamerad bemerkte: »Eine schöne Schwester hast du. Darf ich die mal ausführen?« Gewiß, diese Verwechslungen mochten das Schlimmste befürchten lassen, aber in Wirklichkeit geschah nichts. Jene instinktive Angst um ihre Maske diente Kazue zu allen Zeiten ihres Lebens als Selbstschutz.

»Brüderchen, ist das alles an Holzkohle, was wir haben?« rief Kazue beim Anblick der in Zeitungspapier gewickelten Holzkohlensplitter, die in einer Ecke des Zimmers lagen. Daraufhin nahm sie das Einkaufstuch und ging in die Stadt unterhalb des Chion-Tempels, um Holzkohle zu kaufen. »Brüderchen, da ist auch kein Reis mehr«, und sie lief zum Reishändler neben der Kohlenhandlung. Jōji bemerkte nicht einmal, wenn das Notwendigste zum Leben fehlte. Und sollte er es doch einmal bemerkt haben, dann kümmerte er sich nicht weiter darum. Kazue kaufte von dem wenigen

Geld, das sie besaß, das Fehlende ein. Später brachte sie die zwei dicken Winterkimono, die ihr die Tante für Jōji mitgegeben hatte, zur Pfandleihe und noch später alle Lehrbücher, die Jōji so bald nicht benötigen würde. Als kaum noch Bücher übrig waren, verkaufte sie auch noch das Bücherregal. Im Frühjahr zuvor war Jōjis Vater pensioniert worden, und es kam vor, daß der Monatswechsel von zu Hause ausblieb. Erschreckte das Kazue? Recht besehen, Kazue hatte noch nie überlegt, wovon Jōji in Kyōto lebte. Ein Studentenleben sei eben so, meinte sie, und fand sich damit ab. Wenn man so will, war Kazue ja ein Leben in Armut gewöhnt. Vielleicht genoß sie sogar das arme Leben? Durfte sie dieses Leben hier aber überhaupt in Vergleich zu anderen setzen? Sie nahm es als ihr gemeinsames Leben, und infolgedessen machte ihr diese Armut nicht das geringste aus. Zuweilen, wenn sie und Jōji dank Kazues Geschicklichkeit wieder einen Engpaß überwunden hatten, hatte sie an der Armut sogar ihren Spaß. Und nicht einmal im Traum wäre es ihr eingefallen, daß dies etwas mit Liebe zu Jōji zu tun hatte.

Schon wenige Tage nach ihrer Ankunft in Kyōto trat sie eine Stelle an. Sie besorgte von mittags bis abends den Haushalt eines Chinesen, der an einer der Hochschulen studierte. Das Haus lag in Okazaki, einer stillen Gegend. Es verkehrte zwar eine Straßenbahn dorthin, aber wie vor zwei Jahren, als sie für ihren Weg von Kawanishi nach Kawashimo keine Straßenbahn benutzte, ging sie auch diesmal zu Fuß. Sie schminkte sich sorgfältig, trug sonst aber den letzten ihrer verbliebenen Kimonos (den nicht einmal die Pfandleihe hatte annehmen wollen), so daß sie den Leuten wie eine in Lumpen gekleidete Puppe ins Auge fiel. Kazue indes ahnte nichts von diesem Eindruck. Sie vergaß keineswegs, der Mutter eine Ansichtskarte zu senden. »Kyōto ist voller Sehenswürdigkeiten«, schrieb sie. »Von dem Tempel, in dem ich wohne, sehe ich überall in der Stadt blühende Kirschbäume.« In Wirklichkeit jedoch kannte sie noch im August, als sie aus Kyōto abreisten, weil Jōji auf eine Universität in Tōkyō ging, keine einzige der historischen Sehenswürdigkeiten der Stadt Kyōto. Sie hatte auch noch nie Lust verspürt, sie sich anzuschauen. Denn das Alltagsleben hatte ihre schlichte Seele voll in Beschlag genommen.

22

Die nächsten drei Jahre nach ihrem Wegzug, nämlich bis Jōji sein Studium abgeschlossen hatte, verbrachte Kazue in Tōkyō. Während dieser Zeit erhielt Jōji von zu Hause keinen Sen mehr, darum hatte er sich in der Universität zwar eingeschrieben, arbeitete aber in Wirklichkeit als Aushilfskraft bei einer Behörde. Kazue war zunächst im Büro eines Zeitschriftenverlags beschäftigt und übernahm später in einer Familie die Schulaufgabenbetreuung der Kinder. Dennoch kam es vor, daß bei ihnen in den Tagen vor ihrer Gehaltszahlung Schmalhans Küchenmeister war. Dann verdingte sich Kazue als Kellnerin in einem Hotel oder Restaurant westlichen Stils, da sie dort den Tageslohn auf der Stelle ausgezahlt bekam. Doch zögerte man immer wieder, diese in Lumpen gekleidete Puppe einzustellen. War das ausnahmsweise nicht der Fall, dann war sie für Besitzer und Gäste der Gegenstand abschätziger und zugleich lüsterner Blicke. Einmal wurde ihr eine Adresse oder so etwas zugeschoben mit der Bemerkung: »Wie ist es? Heute nacht, wenn du hier fertig bist, eine gute Gelegenheit!«

Und dann? Dann stürzte sie in ihre Geta und flüchtete durch den Garten des Hauses auf die Straße, und rissen die Riemen, warf sie die Geta fort, lief barfuß weiter. Aber niemandem, auch nicht Jōji, erzählte sie davon. Damit war die Angelegenheit abgetan.

Kam sie spät nachts zurück, sagte Jōji nicht einmal »spät heute«; er lächelte bloß, sobald er sie in der offenen Tür stehen sah. Darüber hat sie in späteren Jahren oft nachgedacht; und jedesmal tauchte Jōjis Lächeln wieder so deutlich vor ihr auf, als sähe sie es in diesem Augenblick. Ganz im Gegensatz zu Kazue war Jōji von seinen Eltern sehr verhätschelt worden. Gleich, was geschah, er saß bloß da. Hat er Kazue jemals daran gehindert, etwas zu unternehmen? Offensichtlich schaute er nur zu, wenn sie etwas unternahm, und verließ sich völlig auf sie. Kazue konnte so stets in die Tat umsetzen, was sie wollte. Er schien der beste Partner für sie zu sein.

Ihr Ankunftstag in Tōkyō – was war es, was sie an diesem ersten Tag zu Gesicht bekam? Sie und Jōji hatten geplant, sich vorläufig bei Jōjis Bruder Keiichi einzuquartieren. Er bewohnte ein Zimmer im Obergeschoß eines Hauses hinter dem Yushima-Tenjin-Schrein. Sechs Jahre zuvor war Keiichi der Ehemann der dreizehnjährigen Kazue gewesen; gleich nachdem er die Mittelschule abgeschlossen hatte, war er nach Tōkyō gegangen und hatte an zwei, drei Oberschulen Eintrittsexamen versucht, freilich ohne Erfolg. Einen Beruf hatte er nicht ergriffen. Aber wie konnte er ohne Arbeit leben? Der elterliche Monatswechsel mußte doch auch bei ihm ausgeblieben sein.

»Du bist ja eine richtige Schönheit geworden«, begrüßte er Kazue und rief der Frau, die in seiner Nähe schlief, zu: »He, he, Jōji ist da mit seinem Anhang!« Es roch stark nach einem Insektenvertilgungsmittel. Die Frau, eine blasse, magere Person, deren Haar zur Gingko-Frisur* aufgesteckt war, richtete sich ein wenig auf, um sich den Angekommenen zuzuwenden. »Ich hab noch Kopfschmerzen . . . Herrje, guten Morgen«, sagte sie. Immerhin war es schon nach elf Uhr vormittags.

Man hörte laute Schritte auf der Treppe, eine Frau, wahrscheinlich die Vermieterin, erschien. »Entschuldigung«, sagte sie und machte einen großen Schritt quer über das Fußende der Schlafmatte, um durch die erst halb geöffneten Holzläden nach draußen zu treten und Wäsche aufzuhängen.

Ob Kazue wegen dieses sich ihr an diesem Morgen bietenden Anblicks Keiichi wohl verachtet oder gar verabscheut hat? Keiichi war, genau wie Jōji, von seinen Eltern immer nur verwöhnt worden. Blutjung noch, kaum mit der Mittelschule fertig, war er dann ins Leben hinausgetreten. Er wußte weder, was sich im Leben gehört, noch kannte er seine Pflichten. Zeit, zu lernen, was in den Augen anderer häßlich erscheint, hatte er nicht. So ist für den beispiellos gutmütigen Keiichi diese morgendliche Szene wahrscheinlich der Ausdruck des ihm gemäßen Lebens gewesen. So weit sind Kazues Überlegungen in dem betreffenden Augenblick allerdings nicht gegangen. Sie hat es nur gespürt, instinktiv, wie ein Tier.

Kaum zehn Tage lebten sie und Jōji dort mit Keiichi und seiner Geliebten zusammen. Dann zogen Keiichi und die Frau aus. »Wir kommen euch wieder besuchen, oder ihr kommt mal zu uns. Ganz Asakusa ist immerhin unser Revier«, protzte Keiichi beim Weggehen. Er hatte irgendeine Arbeit in einem Variété in Asakusa, in dem auch seine Geliebte Kellnerin war. Aber noch war kein halbes Jahr vergangen, da erkrankte Keiichi an akuter Lungentuberkulose und übersiedelte mit der Frau in ein Sanatorium auf Hachiōjima. Dort starb er dann.

Einmal hatte ihn Kazue dort anstelle von Jōji besucht. Die Insel sah vor fünfzig Jahren ganz anders aus als heute. Öde, kahl, von mannshohem Suzuki-Gras überwachsen – Kazue fiel ein, daß es einst eine Verbannungsinsel gewesen war. Lange Zeit konnte Kazue die ausgemergelte Gestalt Keiichis, die dort an dem windgepeitschten Quai gestanden hatte, um Lebewohl zu sagen, nicht wieder vergessen. Damals hat sie auch – ihr selbst kaum bewußt – jene erste morgendliche Szene gewissermaßen wie einen einzelnen Bildausschnitt aus seiner Lebensgeschichte entschuldigt und akzeptiert. Geschah es nun unter dem Einfluß Keiichis? Oder lebte noch immer das Gefühl in ihr, mit dem sie in ihrer Kindheit den hinter Norimoto entschwundenen Spielleuten hatte folgen wollen? Kazue, die Lumpenpuppe, lief mitunter urplötzlich zu einer Tanz- oder Shamisenstunde.

Keine ihrer Gelegenheitsarbeiten könnte man wohl als anständig bezeichnen. So ließ sie sich als Modell für das Titelblatt eines Fortsetzungsromans in einer Jungmädchenzeitschrift anwerben. Der Tageslohn, den sie dafür erhielt, war spärlich. Beschäftigungen dieser Art verdankte sie ausnahmslos ihrem geschminkten Gesicht. War sie aber gewillt, sich selbst auch nur das kleinste bißchen zu vergeben? Einerseits geriet sie den Spielleuten nach, andererseits hinterließen diese Art Arbeiten dank der von ihrem Vater ererbten misanthropischen Neigung keinerlei Spuren.

Etwa einen Monat bevor Jōji die Universität abschloß, erschien bei ihnen ein Besucher. Sie hatten zu dieser Zeit ein Zimmer im ersten Stock über einem Friseurgeschäft in Koishikawa-Kagochō gemietet. Es war ein entfernter Verwandter aus einer der väterlichen Zweigfamilien, ein älterer Vetter zweiten Grades. Schon früh war er nach Hokkaidō ausgewandert und hatte dort mit Erfolg eine Zeitung gegründet. Bei seinen Leuten hatte er von Kazue und Jōji gehört und fragte nun, ob Jōji nach Abschluß der Universität nicht Lust habe, nach Hokkaidō zu kommen. Die Arbeit bei der Zeitung sei interessant. Beim Fortgehen hinterließ er eine stattliche Geldsumme. Wer konnte es nur gewesen sein, der ihm von Kazue und Jōji erzählt hatte? Weder Jōji noch sie hatten je etwas von ihm gehört. Nein, das stimmte nicht. Kazue hatte ja damals das tiefer in den Bergen gelegene Dorf Kawagoe mit dem Empfehlungsbrief der Verwandten von Takamori besucht und die Familie kennengelernt, der dieser ferne Vetter entstammte. Er machte im übrigen gar nicht so sehr den Eindruck eines erfolgreichen Unternehmers auf Hokkaidō, vielmehr wirkte er warmherzig und sehr solide. Hatten sich Kazue und Jōji jemals Gedanken darüber gemacht, welchen Beruf Jōji nach seinem Examen ergreifen würde? Beide fühlten sich von diesem Vetter angezogen, denn er sah so aus, als wollte er vor allem niemanden beherrschen. So entschieden sie sich für Hokkaidō. Das Geld, das sie bekommen hatten, reichte zur Erledigung all ihrer persönlichen Angelegenheiten und für die Fahrkarten dazu. Jōji reiste Anfang August nach Hokkaidō, Kazue fuhr später nach. Es war der erste Aufbruch ihres Lebens mit einem festen Ziel vor Augen.

23

Das Haus des Vetters in Sapporo war ein großes, vornehmes Wohnhaus im 3. Bezirk Süd. Ein Gartenhäuschen gehörte dazu. Dort richteten sich Kazue und Jōji fürs erste ein, und von dort trat Jōji seinen Weg in die Zeitung an. Was aber geschah in jenem knappen Jahr ihres Aufenthaltes in Sapporo und löste in Kazue eine so tiefe Erschütterung aus? Später hat sie daran immer wieder zurückdenken müssen.

»Schau dir die mal an, die trag ich nun schon dreizehn Jahre«, sagte eines Tages die Frau des Vetters zu Kazue und zeigte dabei auf ein Paar weißer Kimonosocken. Sie waren an den Zehen und dort, wo die Geta-Riemen scheuern, sowie über die ganze Sohle mit feinem weißen Garn ausgebessert; und obwohl sie sicher unzählige Male gewaschen worden waren, war an ihnen nicht der leiseste Hauch von Schmutz zu sehen. Sie wirkten sogar ausgesprochen schön. Diese Frau und ihr Mann, so hieß es, lebten bereits dreißig Jahre zusammen. Was hatten die Socken wohl zu bedeuten? Was wollte die Frau des Vetters damit ausdrücken? Ob sie hatte sagen wollen, daß das riesige Vermögen ihres Mannes durch das zustande gekommen sei, was die Socken beredt bezeugten? Noch heute erinnert sich Kazue, wie ihr diese Gedanken voller Bewunderung beim Anblick der Hände dieser Frau durch den Kopf gingen.

Nachdem Kazue und Jōji einen halben Monat bei dem Vetter gelebt hatten, mieteten sie ein Zimmer in einem Haus hinter der großen Straße des 1. Bezirks Süd, nicht weit vom Verlag. So begannen sie ihr neues Leben zu zweit. Es war ein altes, ziemlich verkommenes Haus mit einem geräumigen Eingangsbereich aus gestampftem Lehm. Kazue und Jōji bewohnten das Zimmer zur Straße hin, die Vermieter, ein bejahrtes Ehepaar, das quer dazu liegende Zimmer. Beide Zimmer waren bloß durch eine Glasschiebetür getrennt. Sie wurde von dem alten Ehepaar unbefangen geöffnet, um die mit Sapporo noch nicht vertrauten Mieter zu versorgen. »Wollen Sie sich nicht an unserer Sparlotterie* beteiligen?« fragte der Vermieter Kazue eines Tages. »Es muß nicht von dem Einkommen ihres Gatten sein, Sie können sich mit dem beteiligen, was Sie selbst verdienen«, wobei er hinzufügte, es gäbe, wenn sie Kimonos nähen könne, genug Arbeit. Kazue brauchte nicht lange, um zu begreifen, daß es sich hier um einen Brauch auf Hokkaidō handelte. Damals, vor mehr als fünfzig Jahren, steckte in jedem, der auf Hokkaidō lebte, noch Pioniergeist. Keine Zeit verlieren, arbeiten muß man und das auf diese Weise verdiente Geld sparen! Kazue begriff das im Handumdrehen. So rasch wie möglich wollte darum auch sie zu arbeiten anfangen, selbst wenn ihr ein anderes Ziel vorschwebte. Zunächst nähte sie für die Leute im Hause Kimonos und erhielt Geld dafür – in ihrer Mädchenschule auf dem Lande hatte sie zwölf Stunden wöchentlich Unterricht im Kimono-Nähen gehabt, danach nähte sie auf Vermittlung des alten Ehepaares für die Mädchen in den Gasthäusern und Restaurants. »Hallo, die Näherin«, hieß der Ruf, mit dem die Mädchen sie hereinholten.

Der Verdienst fürs Nähen war nicht groß. Kazue benutzte das Geld, um sich ein Los bei der von dem Ehepaar empfohlenen Sparlotterie zu kaufen. Ein zweites Los kaufte sie von Jōjis Gehalt. Die Auslosungen fanden auf den allmonatlichen Treffen der Mitglieder statt. Keine zwei, drei Monate vergingen, und Kazue erhielt eine geradezu sagenhaft hohe Summe ausbezahlt. Ein Mann, der ebenfalls Mitglied des Vereins und beruflich das war, was man heute Immobilienhändler nennen würde, vermittelte Kazue den Ankauf eines Hauses.

Dieses Haus lag in der 11. Straße Ost, am Stadtrand Sapporos. Der Eingang war zwei Tatami groß, das Besuchszimmer mit der Nische für das Rollbild zehn Tatami und das dahinterliegende Wohnzimmer mit der eingebauten Feuerstelle acht. Außerdem gab es eine geräumige Küche mit einem großen Herd sowie ein kleines Gehilfenzimmer von viereinhalb Tatami. Hinter dem Haus befand sich sogar ein Schuppen zur Aufbewahrung von Kohle und Holz, aber im Hause fehlten sämtliche Tatami. Türen waren zwar vorhanden, aber sie waren durchweg beschädigt. Statt dieses verkommene Haus als unbewohnbar abzutun, freute sich Kazue darauf, ihre Künste ins Spiel zu bringen und es wohnlich zu machen. Wie üblich, äußerte sich Jōji zu alldem überhaupt nicht. Zunächst wollte Kazue nur in eines der Zimmer Tatami legen. Der Raum mit der Feuerstelle, überlegte sie, müßte als Wohnzimmer genügen, zumal von da eine Stufe direkt hinunter zur Küche führte. Damit waren nach ihrer Ansicht alle Probleme gelöst. Und so siedelten an einem Sonntag im Herbst, einen Handkarren mit Gepäck hinter sich herziehend, Kazue und Jōji in dieses Haus über. Ja, wenn man Kazue so sah, durfte man sie wohl zu Recht als die geeignete Frau für ein Leben auf Hokkaidō halten. Oder doch nicht? Es würde sich bald herausstellen.

Auf Hokkaidō setzt der Herbst früh ein. Als Kazue, um Lauch einzuwintern, auf das Feld hinter dem Haus ging, fiel ihr Blick auf einen großen Kirschbaum, dessen weit bis über das Dach ausladende Zweige bereits prächtig rotgefärbte Blätter trugen, wie um ein Zeichen zu geben, daß dieses Haus doch so öde nicht sei. Eines Morgens forderte die Hausfrau des gegenüberliegenden Hauses Kazue auf, mit ihr Holzkohle für den Winter kaufen zu gehen. Es war früher Morgen, die Dämmerung war noch nicht angebrochen. Die große Straße des 1. Bezirks würde man immer geradeaus gehen müssen, hieß es, man stieße dann auf einen freien Platz, dort würde der Markt abgehalten werden. »Ich zeig Ihnen, was eine gute Holzkohle ist. Ich werde nicht zulassen, daß man Ihnen schlechte aufschwatzt«, versicherte die Hausfrau. Ihr Mann war übrigens Leiter einer Bankfiliale.

Die eine den Karren ziehend, die andere ihn schiebend, wandern sie die große, noch im Dunkel liegende Straße heimwärts, mit Holzkohle, die so hochgetürmt ist, daß Kazue den Blick nach oben richten muß, und gerade in dem Moment geht über dem Dach ihres Hauses feuerrot die Sonne auf. Das Rot der Sonne an jenem Morgen steht Kazue selbst heute, nach über fünfzig Jahren, noch immer lebhaft vor Augen. Sie und Jōji bewohnten jetzt zwar ein Haus fast ohne Tatami, doch waren sie Besitzer eines Schuppens, in dem Holzkohle und anderes Brennmaterial bis oben hin aufgeschichtet lagen. Für den Winter war vorgesorgt. Ah! Wie gut sich das anfühlte! Kazue, die nie eine solche Zufriedenheit erfahren hatte, kannte sich selbst nicht wieder.

Und so kam Kazues erster Winter auf Hokkaidō. Wie verbrachte sie die Abende, eingeschlossen hinter den hohen Schneemauern? Jōji arbeitete nicht selten bis spät bei der Zeitung. Tatami waren in den Zimmern inzwischen überall gelegt. Ein Ofen war installiert. Auch das Geld für die monatlichen Abzahlungen an die Lotterie brachte sie mühelos zusammen. Sie war jetzt sorglos, doch fühlte sie sich eigentlich mit Sorgen wohler. Während sie Nacht für Nacht eingeschlossen hinter den Schneemauern von der Straße her die Glöckchen der vorüberfahrenden Schlitten hörte, schoß es ihr mit einemmal durch den Kopf: »Das ist es. Ich werde schreiben!« Schreiben – diese Idee war ihr, kaum nötig zu sagen, unter dem Einfluß Jōjis gekommen. Jōji hatte in Tōkyō ein-, zweimal für eine Zeitung geschrieben und dafür Geld erhalten. »Das mach ich auch.« Und was tat sie? Obgleich mit dem in der Lotterie gezogenen und noch lange abzuzahlenden Geld gerade erst ein Haus gekauft worden war, obgleich sie im Schuppen Holzkohle eingelagert hatte und entschlossen war, in diesem Landstrich zwanzig, dreißig Jahre zu leben, geschah dennoch etwas völlig Unvorhergesehenes.

24

Unter Jōjis Einfluß fing Kazue, wie gesagt, zu schreiben an. Glaubte sie etwa, sie brauche nur jemand anderen ein wenig nachzuahmen und schon könne sie schreiben? Wenn Schreiben überhaupt einen Zweck für sie gehabt haben sollte, dann den, Geld zu verdienen. Nicht, daß sie ihre Fähigkeiten überschätzt hätte, doch hätte Schreiben nicht die Bedeutung von Arbeit für sie gehabt, wenn damit kein Geld zu machen gewesen wäre. Schreiben also, das sollte für sie Arbeit sein! Im übrigen behielt sie diese Einstellung bis zu einem gewissen Alter unverändert bei. Mochte Schreiben sonst noch irgendeinen Zweck haben? Für die damalige Kazue jedenfalls war Schreiben etwas, womit sich Geld verdienen ließ.

Dabei handelte es sich keineswegs um einen Irrtum aus jugendlichem Hochmut. Kazue hatte in demselben Winter bei einem Kurzgeschichtenwettbewerb einer Tōkyōter Zeitung den ersten Preis gewonnen. Es waren nur sechs, sieben Seiten gewesen, und man hatte ihr eine unglaublich hohe Summe als Preisgeld und Arbeitslohn zugeschickt. Die hatte sie als schönen Zufall betrachtet, aber auch als selbstverständliche Entlohnung erfreut in Empfang genommen. Dieser Zufall sollte später noch ungeahnte Folgen haben, doch gab es keinen, der dies damals vorausgesehen hatte. Kazue saß Tag und Nacht an ihrer Arbeit. Schreiben, fand sie, war eine Arbeit, die sich mit keiner ihrer bisherigen Tätigkeiten messen konnte, so gewinnträchtig war sie. Wenn Kazue einmal etwas anfing, dann hatte sie keinen Blick mehr für irgend etwas anderes. Sie lief dann immer nur in diese eine Richtung; so war ihr Charakter. In der Küche froren derweil die halbgewaschenen Teller und Schüsseln im Spülbecken an. Nur einen kurzen Augenblick lang hatte sie sie im Wasser sich selbst überlassen, und schon waren sie bei der eisigen Kälte darin festgefroren; und so würden sich die Teller, bis zum Frühling, bis sie auftauten, nicht mehr rühren, und mit jedem täglichen Geschirrspülen wuchs der Eisberg höher und höher, weil Kazue ja keine Zeit hatte, aus ihrer in diesem kalten nördlichen Land zum erstenmal gemachten Erfahrung zu lernen.

Dann hatte sie eines Tages die letzte Seite geschrieben. Von Anfang an hatte der Adressat des Manuskriptes für sie festgestanden. Es würde an die Zeitschrift eines gewissen Verlags in Tōkyō-Hongō gehen; der Chefredakteur mußte Kazue kennen. Sie hatte nämlich, als sie in Koishikawa-no-Kagomachi wohnte, in Hongō in einem Restaurant westlichen Stils gearbeitet, das diesem Verlag genau gegenüberlag. Zur Mittagszeit hatte der Redakteur regelmäßig das Restaurant aufgesucht und ihr ebenso regelmäßig eine Silbermünze von 50 Sen auf den Teller gelegt, ehe er mit langen Schritten hinausgeeilt war. Wieviel wäre diese Summe heute wohl wert? Kazue wußte, daß seine Großzügigkeit kein Zeichen eines besonderen Interesses an ihr gewesen war. Es war lediglich seine Angewohnheit gewesen. In Erinnerung an all das schickte sie ihm nun ihr Manuskript.

Drei Monate vergingen, und es kam keine Antwort. Ihre Näharbeiten waren stets als sorgfältig gelobt worden. Kazue konnte sich darum gar nicht vorstellen, daß ihr Manuskript nicht gut genug sein sollte. Ob etwas passiert ist? dachte sie, nicht aus Anmaßung, sondern weil sie nichts anderes denken konnte, als daß ihr Manuskript durch ein Versehen seinen Bestimmungsort nicht erreicht habe.

Anfang April fuhr sie nach Tōkyō, denn sie wollte mit eigenen Augen feststellen, was los war. In Hokkaidō wird es spät Frühling. Unter dem Kirschbaum hinter dem Hause, wo der Schnee noch kaum geschmolzen war, entdeckte Kazue zwei, drei kleine blühende Veilchen, im Traum wäre ihr nicht eingefallen, daß diese Veilchen das letzte sein sollten, was sie von Hokkaidō sehen würde.

Jōji brachte Kazue zur Bahn, und sie flüsterte ihm immer wieder zu: »Ich komme sofort zurück, es wird keine zwei Tage dauern.« Als der Zug sich in Bewegung setzte, füllten sich plötzlich ihre Augen mit Tränen, und dieser Tränen wegen verschwamm die Gestalt, die dort auf dem Bahnsteig stand, noch ehe sie ihren Blicken vollends entschwand. Machte sie eine Trennung von bloß zwei Tagen denn so traurig? Wohl nicht. Und wenn es das also nicht war? Später hat sie sich oft an diese Szene erinnert und den Grund für jene Tränen herausfinden wollen.

Unmittelbar nach ihrer Ankunft in Tōkyō begab sie sich zum Verlag. Ohne auch nur in das Restaurant hineinzuschauen, in dem sie früher gearbeitet hatte – obgleich es ganz in der Nähe lag –, eilte sie direkt die Treppe zur Zeitschrift hinauf. Der Chefredakteur saß an seinem Platz. »Haben Sie wohl mein Manuskript gelesen?« – »Hier erscheint es schon!« Und damit griff er nach einer Zeitschrift in seiner Nähe und schleuderte sie geradezu auf den Tisch. Seine Stimme klang nicht gerade freundlich. »Nehmen Sie das Honorar gleich mit?« Er ließ das Geld von der Kassenabteilung bringen. Und da erst, angesichts dieses dicken Notenbündels, begriff Kazue staunend, daß es sich um ein Honorar für sie handelte, daß alles gutgegangen war. Sie zitterte an allen Gliedern. Sie vergaß das Dankeschön und stürzte auf die Straße.

Was dachte Kazue in dem Augenblick, als sie so auf die Straße stürzte? Diese Straße, die sie drei Jahre lang täglich zweimal entlanggegangen war, rannte sie jetzt – blindlings – hinunter. Nichts beschäftigte sie außer ihrem Notenbündel, und sie zitterte noch immer. Vor ihren Augen tauchte die Heimat auf. Fünf Jahre waren es jetzt her, seit sie sie verlassen hatte. Und immer hatte sie von zu Hause, gleich wo sie gewesen war, Päckchen erhalten. Mal waren es getrocknete Algen und Bambussprossen gewesen, mal Dörrfisch, mal auch getrocknete Rettiche oder eingelegte Pflaumen oder Sommerorangen; irgend etwas war immer gekommen. Aber sie hatte alles immer nur empfangen, ohne selbst je etwas zu schicken. Jetzt besaß sie endlich Geld. Plötzlich überfiel sie heftige Sehnsucht. Kazue erinnerte sich später oft daran, wie sie, obwohl sie fest versprochen hatte, nach zwei Tagen zurückzukehren, auf einmal nicht mehr nach Hokkaidō, sondern in die Heimat fahren wollte. In der Erinnerung daran erfüllt sie noch immer brennende Scham.

Nachdem sie zwei Telegramme aufgegeben hatte, eins nach Hokkaidō und eins an die Mutter daheim, fuhr sie noch am selben Tag mit dem Nachtzug in ihren Heimatort.

25

»*Nē-sama, nē-sama*«, hörte sie die kleinen Geschwister rufen, als der Zug in den heimatlichen Bahnhof einfuhr. Und dann war sie auch schon von allen zugleich umringt. Nur Satoru, der inzwischen die Oberschule in Nagoya besuchte, fehlte. Fünf Jahre war sie nicht mehr hier gewesen. Nicht einer von den Bahnhofsleuten erkannte sie wieder. Aber Kazue hatte ja auch nichts mehr mit der Kazue gemein, die im Morgengrauen aus der Heimat geflohen und mit dem Schiff vom Neuen Hafen losgefahren war. Die Kazue von heute trägt eine Handtasche mit einem dicken Notenbündel. In diesem armseligen Städtchen war so mancher nach Hawaii ausgewandert, und jedesmal gab es ein großes Hallo, wenn es hieß: »Aus Hawaii zurück!« Nun fühlte sich Kazue wie »aus Hawaii zurück«. Nur daß die Leute es eben nicht wußten. Wollte Kazue prahlen? War sie bloß des Prahlens wegen in die Heimat gekommen, statt nach Hokkaidō zu fahren? »Yoshio, Tomoko, Nao, Hideo!« rief sie jedes der Geschwister beim Namen. »Wir fahren alle mit der Rikscha nach Kawanishi«, und sie winkte die Männer heran, die auf dem Bahnhofsvorplatz die Deichseln ihrer Wagen heruntergelassen hatten und auf Kunden warteten.

Wie kam es dazu? Kazue wußte es selbst nicht. Die Geschwister rannten und drängelten, jedes wollte als erstes seine Rikscha besteigen. Hideo, der Jüngste, der auf die zuvorderst stehende Rikscha geklettert war, streifte seine Geta ab, stellte sie vor sich auf den Boden und setzte sich mit untergeschlagenen Beinen aufrecht hin, die Hände brav auf die Knie gelegt. Er war nämlich noch nie mit einer Rikscha gefahren und wußte daher nicht, wie man in ihr sitzt. »Hideo, so setzt man sich nicht hin!« rief Kazue ihm zu. Sofort sprang er auf, schaute, was die anderen machten, und setzte sich wieder, nun wie auf einen Stuhl. Fünf Rikschas – Kazues mitgezählt – bewegten sich durch das Städtchen. Kazue schien es, die Leute müßten sie unbedingt für jene Schauspieler halten, die vor der Aufführung eines neuen Stücks im Brokattheater immer in mit Werbefahnen geschmückten Rikschas durch die Stadt zogen. Fand sie dieses Nachäffen einer öffentlichen Schau denn gar nicht peinlich? In ihrer Stimmung kam ihr alles unwirklich vor. Kaum zu Hause angekommen, rief sie: »Mama, schau her, das alles habe ich verdient!« und hielt der Mutter das Geld entgegen. Dann nahm sie einen Teil der Geldscheine und drückte sie der Mutter in die Hand. »Was, so viel soll ich bekommen!« Die Mutter schlug die Augen nieder, sie weinte. Das geschah in dem dunklen Hinterzimmer, wohin kein Lichtstrahl drang. Kazue blickte auf die Hände der Mutter, die das Geld hielten; sie sah, wie knotig und rauh diese Hände waren, so daß man kaum glauben mochte, es seien die Hände einer Frau. Aber sie wußte genau, das, was sie tat, war weit entfernt von Liebe zur Mutter, es war vielmehr der jedem angeborene Drang, das Geld zu zeigen und einen Teil davon abgeben zu wollen. Dies war der Sinn ihrer Heimkehr gewesen. Warum aber hatte sie teilen, warum es zeigen wollen? Eine genaue Antwort darauf hätte Kazue selbst nicht geben können.

»Gehst du auch zu Kajimuras?« fragte die Mutter kurz darauf. Mit Kajimuras war die Tante in der Teppō-Gasse gemeint. Allerdings hatte die Familie der Tante, nachdem der Onkel vor fünf Jahren in Pension gegangen war, das Haus in der Teppō-Gasse aufgegeben und lebte seitdem mit der Stammfamilie im Dorf Fujiu. »Nein, zu den Kajimuras gehe ich nicht.« Fujiu war immerhin fünf Meilen entfernt. Doch Kazue ging nicht deshalb nicht hin, weil es weit war, sondern weil sie keine Lust hatte, die Tante zu treffen und ihr das Geld zu zeigen. War sie nicht pflichtvergessen und undankbar, wenn sie der Mutter Geld gab und der Tante keins?

Natürlich, das wußte auch Kazue, aber sie ging trotzdem nicht hin.

Der vermutlich auf sie wartende Jōji war zu dieser Zeit bereits vergessen. Weil Hokkaidō mehrere hundert Meilen entfernt lag? Weil dort der Schnee nicht geschmolzen war? Während hier die Kirschbäume üppig blühten? Für Kazue hatte dieser Anblick an sich nichts Außergewöhnliches, sie war seit Kindheitstagen so vertraut mit ihm, daß sie sich jetzt nicht einmal mehr vorstellen konnte, auf dem fernen Hokkaidō gelebt zu haben. Die Kanarienvögel zwitscherten. Die Familie hatte sich nach dem Tod des Vaters den Lebensunterhalt mit der Aufzucht von Kanarienvögeln verdient. Im Bambuswäldchen waren die Arbeiter beim Sprossenstechen. Und während sie bis in den späten Morgen hinein im Uhrenzimmer lag, in dem einstmals der Vater geschlafen hatte, während sie diese Geräusche wahrnahm, fühlte sie zu ihrem eigenen Erstaunen, wie dieses Haus eine gewaltige Anziehungskraft auf sie ausübte, die ihr förmlich das Herz zerriß. Wie ist das möglich? Weil sie in diesem Haus hier geboren worden war? Weil ihr Leben allzu düster, allzu miserabel gewesen war? Nein, so war es nicht. Sondern weil ihr Herz genau jetzt davon beispiellos angerührt wurde und nichts in der Welt ihr das Haus ersetzen konnte.

An diesem Tag besuchte Kazue mit den Geschwistern die Großmutter in Kawashimo. Die kleine Stadt war gehüllt in Kirschblüten. Kein bißchen hatte sich der Weg dorthin in den vergangenen sechs Jahren verändert. Gleich an der Biegung am Ortseingang lag die Schule. Die Zeit, da sie dort, ganze zwei Jahre lang, Lehrerin gewesen war, erschien Kazue fern. Die Geschwister nahmen sie in ihre Mitte und lärmten um sie herum, bald vorauslaufend, dann wieder umkehrend; doch plötzlich blieb Tomoko stehen und fragte Kazue, ob sie wisse, daß Shinoda von den Matsumotos adoptiert worden sei. »Da ist er ja«, und Tomoko zeigte mit dem Finger zum Garten der Matsumotos. Als Inhaber eines Kimonogeschäfts galten die Matsumotos in Kawashimo als reich. Auch Kazue entdeckte ihn jetzt. Tatsächlich, dieser Mann, der dort auf der Veranda hockte und einen Säugling tätschelte und über das Geländer hielt, damit er sein Wässerchen machte, war Shinoda. Doch Kazue brachte für diesen Mann nicht mehr Interesse auf, als sie für irgendeinen anderen in der gleichen Situation gehabt hätte. Und dies nicht, weil mehr als fünf Jahre vergangen waren. Sie entsann sich nicht einmal mehr ihres brennenden Gefühls für ihn. Nichtsdestoweniger erwärmte der Anblick ihr Herz. Ehe sie sich versah, rief sie: »Los, laufen wir bis zu Omamas Haus und stürmen wir allesamt mit Hurra zu ihr hinein.«

26

Zwei Tage darauf reiste sie wieder ab. In Tōkyō hatte sie einen kurzen Zwischenaufenthalt. Oft dachte sie später an die Geschehnisse von damals zurück: Warum bloß gab es dort Aufenthalt! Aber damals hatte sie die Zeit dazu benutzen wollen, um in Hongō beim Verlag vorbeizugehen, noch einmal zu danken und die nächste Arbeit zu besprechen. Der Chefredakteur hatte gerade zwei Besucher, einer war der Kritiker Murota, dessen Name auch Kazue schon gehört hatte, der andere war ein junger Mann, westlich gekleidet. »Na, das nenne ich aber ein Zusammentreffen! Dieser Herr, Frau Yoshino, ist Nozaki Shichirō. Er war mit Ihnen Preisträger in dem Wettbewerb der Tagesnachrichten«, stellte Murota Kazue und Nozaki einander vor, wobei ein ironisches Lächeln seine Lippen umspielte. Was, Nozaki Shichirō! Was, derselbe Nozaki, der in dem Wettbewerb, in dem Kazue den ersten Preis gewann, den zweiten bekommen hatte! Sie hatte zwar den besseren Preis erhalten, fühlte sich aber deswegen keineswegs überlegen. Andererseits war sie von der saloppen Art dieses Mannes im eleganten dunkelbraunen Anzug, mit der halb geknoteten Krawatte, nicht sehr beeindruckt. Doch in dem Augenblick, als beide nach ihrer Verbeugung wieder aufschauten und Nozaki mit einem unbeschreiblichen Lächeln im Blick anfing: »I ... ich ... b... bin ... d... der zweite Preisträger Nozaki«, lockte diese drollige Art seines Stotterns Kazue in eine nie geahnte Gefühlsfalle. Nein, das Stottern selbst hatte sie nicht verführt. In dem Augenblick aber erlag sie der Einbildung, ein übermäßiges Gefühl habe alle Dämme gebrochen und ströme herein in ihr vertrocknetes Leben, das sie unbewußt lange Zeit über gelebt hatte.

Womit wäre dieses Gefühl vergleichbar? Es war etwas, wogegen sie schutzlos war, etwas, dem sie sich schwer widersetzen konnte. Und dennoch: Wieso konnte sie sich einbilden, dieses Gefühl würde sie vergessen machen, daß sie droben auf Hokkaidō in jenem Haus Teller und Schüsseln in Eis festgefroren hatte stehenlassen, daß Geld über viele Jahre hindurch noch an die Sparlotterie zurückgezahlt werden müsse? »Jedenfalls müssen wir dieses Zusammentreffen begießen. Gehen wir zu deinem Hotel«, regte Murota an, und so verließen sie zu dritt den Verlag. Zu Kazues Überraschung – es sollte nicht die einzige bleiben – lag das Hotel nur wenige Meter vom Verlag entfernt am Abhang eines Hügels. Murota hatte zwar von einem Hotel gesprochen, in Wirklichkeit war es aber ein einfaches, japanisches Gasthaus, wo Nozaki im Anbau ein Zimmer gemietet hatte.

Man brachte Sake. Unmerklich wurde es Abend. Murota mit seinem ironischen Blick sagte hin und wieder etwas, während Nozaki, sich darum kaum bekümmernd, sein Sakeschälchen niedergesetzt, die Augen geschlossen und irgendwann zu singen begonnen hatte. Eigentlich war es kein Gesang, eher eine Art Rezitation. Gleich, was es gewesen war, dieser deklamatorische Klagegesang rief in Kazue plötzlich die Erinnerung an jene brennende Sehnsucht wach, die sie in ihrer Kindheit für die Spielleute empfunden hatte, wenn sie in dem Wäldchen von Norito langsam ihrem Blick entschwunden waren. Schwer zu sagen, ob diese Rührung Liebe oder Zuneigung war. Eine Art Ausschweifung war es. Oder etwas viel Heftigeres. »Nun, ich muß jetzt gehen«, sagte Murota, stand auf und ging. Kazue dachte zwar, sie sollte ihm folgen und ebenfalls gehen, doch sie blieb.

Worüber unterhielten sich die zwei, als sie allein waren? Wahrscheinlich über nichts, was eine Unterhaltung wert gewesen wäre, dachte Kazue später verwundert. Längst war es zu spät, um den Zug zurück nach Hokkaidō noch zu erreichen. Als es auf Mitternacht zuging, bestellte Nozaki ein zweites Zimmer für Kazue. Aber auch das konnte nicht mehr helfen, das zwischen ihnen aufgeflammte Gefühl zu unterdrücken. Hätte Kazue ihm nicht schon in dieser ersten Nacht klipp und klar erklären müssen, daß ihr Lebensgefährte in Sapporo auf sie warte? Aber sie sagte es nicht.

27

Als Jōji begriffen hatte, daß Kazue nicht nach Hokkaidō zurückkehren würde, ließ er seine Eltern nach Sapporo kommen. Kazue konnte sich gar nicht vorstellen, wie er, der für gewöhnlich weder Freude noch Zorn noch Leid noch Lust zeigte, sich jetzt in seinem Leben äußern mochte. Nach einem halben Jahr endlich teilte ihr die Mutter in einem Brief Ungefähres mit. Vorwürfe machte die Mutter ihr keine, denn sie konnte sich gut in Kazue hineinversetzen. Sie entsann sich wieder jener alten Zeiten, da sie ebenfalls nur zugesehen hatte, was der Ehemann getan hatte. Sicher war das nicht gleichzusetzen mit dem, was Kazue jetzt tat. In beider rücksichtslosem Treiben gab es zudem gewisse Unterschiede. Beide aber waren so impulsiv in ihren Handlungen – und darin einander durchaus ähnlich –, daß andere sie nicht zu bremsen vermochten, und beide erregten seltsamerweise Mitleid.

Kazue und Nozaki lebten nun zusammen, und nachdem sie des öfteren umgezogen waren – zuerst in ein kleines Haus nahe am Strand von Ōmori*, von dort in ein Haus im Sanno-Wäldchen, dann in eine Pension unterhalb von Usudazaka –, ließen sie sich schließlich durch irgend jemandes Vermittlung in einer Einzimmer-Behausung mitten in einem Feld in Magome nieder. Bauern der Gegend hatten ihnen diese ausgediente Scheune für so gut wie nichts überlassen, und sie waren dort eingezogen, hatten ein Fenster eingebaut und in das eine Zimmer Tatami gelegt, es sonst aber bei dem gestampften Lehmboden belassen – ein Haus also nur dem Namen nach. Zum Arbeiten und Schlafen aber genügte das kleine Tatami-Zimmer. Das Kochen besorgte Kazue auf der Erde unter dem Vordach. Im nachhinein kam es ihr vor, als hätte dieses Spielzeughäuschen ihnen beiden und ihren sie damals so bestürmenden und bedrängenden Gefühlen ein ideales Versteck geboten. Allerdings läßt sich damit noch nicht erklären, warum Kazue jedesmal, wenn sie ein neues Leben beginnt, sich anschickt, auch ein Haus einzurichten. Rührt es daher, daß ihr das neue Leben irgendwie unsicher vorkommt und sie sich deswegen als erstes ein Haus zum Schutz vor dieser Unsicherheit errichten möchte? Noch immer weiß sie darauf keine Antwort.

Das Haus stand in einem großen Rettichfeld. Ein wenig hügelab führte ein Pfad von Magomes Hauptstraße zu ihm hin. Wenn es dunkel wurde, konnte man von weitem das Licht sehen, das durch die blauen Fenstervorhänge fiel. Im Unterschied zu Kazue, die keine Freunde hatte, besaß Nozaki sehr viele Bekannte. Später erst fiel Kazue ein, daß Nozaki wahrscheinlich der zu jener Zeit modischen linken Bewegung angehört hatte. Einmal erschienen ein Mann und eine Frau, die aus Shanghai geflüchtet waren. Aber nahm Kazue an diesen Geschehnissen überhaupt Anteil? Ihr waren Besucher einfach immer willkommen. Sie lief, holte Sake, setzte sich auf einen Klappstuhl unter das Vordach und raspelte Rettich.

Einmal geschah es, daß ein Mann den Hang herunter auf ihr Haus zugeschritten kam. Kazue hängte draußen gerade Wäsche auf die Trockenstange. Der Mann blieb stehen. »Hab ich wohl Kazue vor mir?« – »Ah, so eine Überraschung! Väterchen! Sie!« Es konnte nicht den leisesten Zweifel daran geben, es war Jōjis Vater, trotz des schäbigen Anzugs, in dem er steckte. »Ich hab nur mal sehen wollen, wie es Ihnen geht. Ich bin in der Heimat gewesen und bin jetzt auf dem Rückweg nach Hokkaidō«, sagte er und sah auf die Behausung hinter Kazue. Dabei erschien ein Lächeln auf den faltigen Lippen, aber sogleich senkte er wieder den Blick. Er hatte sie nicht auf Jōjis Bitte hin besucht. Und in dem Moment, als Kazue begriff, daß der Vater aus eigenem Antrieb gekommen war, stand mit einmal vor ihren Augen jenes Haus, so wie es damals gewesen war, und in dem jetzt Jōji und seine Eltern wohnten. Dann verschwand es wieder. »Auf Wiedersehen denn«, mit diesen Worten verabschiedete sich Jōjis Vater; und bald schon hatte sie die Gestalt, die da ein wenig gebeugt den Hang hinanstieg, wieder vergessen.

28

Wer kennt das nicht! Solange man mitten in einer Sache steckt, weiß man nicht so genau, was man da tut und was es dem Partner bedeutet. Auch Kazue erging es so. Während sie mit Nozaki in Magome lebte, blieb ihr die wahre Bedeutung dieses Zusammenlebens gänzlich verborgen, denn sie war zu sehr befangen darin. So dachte sie auch nicht ernsthaft darüber nach – obwohl sie doch der sich hügelan entfernenden Gestalt nachgeblickt hatte –, was es eigentlich bedeutet haben mochte, daß Vater Kajimura sie an einem heißen, schwülen Tag gegen Ende des Sommers besucht hatte und fortgegangen war, ohne etwas Besonderes gesagt zu haben. Unmöglich, daß sie den abgetragenen Anzug nicht wahrgenommen hatte, das leicht zerzauste, weiße, in der Sonne aufleuchtende Haar, als der Mann, den Feldweg in der starken Nachmittagssonne hinaufgehend, ihr den Rücken zugewandt hatte. Und doch formte sich erst viele Jahre später diese abgewandte Gestalt zu einem deutlichen Eindruck für sie.

Eines Morgens, als Kazue von ihren Einkäufen zurückkehrte, saß Nozaki auf der Fensterbank, mit einem Kimono bekleidet, den sie, trotz ihres Zusammenlebens in dem einzigen Zimmer, nicht kannte. »Oh, Shichirō, was für ein Kimono!« – »Nun ja, mir war halt kühl.« Es war eigentlich kein Kimono, was er trug, sondern wahrscheinlich ein wattierter Morgenrock. Kazue wußte so viel, daß es ein Kleidungsstück aus einem ganz besonderen Stoff, nämlich aus einem fein gestreiften Baumwolltaft, war. Nozaki trug den Kragen nach seiner Gewohnheit ziemlich weit offen, was sonst ein wenig salopp wirkte; nun gab es ihm das Aussehen eines Bonvivants. Hin und wieder hatte Nozaki, ohne daß sie besonders darauf geachtet hätte, Pakete mit Kimono oder sonstigen Kleidungsstücken nach Hause gebracht. Sie hatte gewußt, daß er solche Sachen von der Pfandleihe ausgelöst hatte, aber heute sah sie ihn zum allerersten Mal in einem derart außergewöhnlichen Kimono. Sie konnte sich von dem Anblick gar nicht losreißen. »Donnerwetter! Man erkennt dich kaum wieder!« Kazue sagte nur das; sie hätte jedoch, wenn es ihr erlaubt gewesen wäre, noch ganz anderes gesagt. Hätte sie gesagt, sie sei hingerissen, verzaubert von dem Mann in diesem Kimono? Hätte sie das für treffender gehalten? Statt daß sie diesen Anblick abstoßend fand, betrachtete sie ihn, dem ihr Herz verfallen war, wie in Trance. Schwer, angesichts dessen von Liebe oder Zuneigung zu sprechen, kam es doch einer Ausschweifung nahe. Kazue selbst aber war das überhaupt nicht bewußt.

Das gemeinsame Leben von Nozaki und Kazue war nicht einfach ein Leben, wie es zwei, die sich lieben, eben führen. Was Kazue angeht, so war sie noch von der kleinsten seiner Bewegungen hingerissen, ohne je genug davon zu bekommen. Alles, was er tat, auch wenn es sich um etwas völlig Belangloses handelte, schien ihr etwas Besonderes zu sein. So richtete sie ihr ganzes Tun darauf, es ihm in jeder Hinsicht schön zu machen und damit seine Aufmerksamkeit auf sich zu lenken; Selbstlosigkeit oder Aufopferung aber konnte man das wahrhaftig nicht nennen. Es war für sie wohl so etwas wie reine Lust. Wahrscheinlich war es etwas Triebhaftes, weniger das, was Menschen, sondern eher, was irgendwelche Lebewesen tun. Sie wußte sehr genau, was Nozaki liebte. Dieses Morgengewand beispielsweise paßte eigentlich schlecht zu einem Menschen, der in der linken Bewegung mitmachte. Nichtsdestoweniger zog Nozaki gern so etwas an. Und auch Kazue trug gelegentlich eine kurze Kimonojacke mit einem schwarzen Kragen wie eine Geisha, wozu sie sich eine Gingko-Frisur aufstecken ließ. Heute kann sie sich nur verwundert fragen, was sie da gespielt hat. Wie schon erwähnt, hatte Nozaki viele Freunde.

Nein, er brauchte nur irgend jemanden zu treffen, und gleich war dieser sein Freund. Bald schon hegten alle diese Freunde die gleichen Gefühle für ihn wie Kazue. Unvorstellbar! Doch war es eher so etwas wie eine klettenhafte Anhänglichkeit, weit entfernt von einem echten Freundschaftsgefühl. Lag das einfach an Nozakis Charme? Wohl kaum. Und so ist es auch nicht gewesen, hat Kazue im nachhinein immer wieder denken müssen. Aber was bedeutet es dann, daß allen selbst Nozakis Schwächen in warmer Erinnerung bleiben?

Im Herbst desselben Jahres wurde ein Haus oberhalb ihres eigenen Häuschens gebaut. Ein junges Angestellten-Ehepaar zog ein, aber bald darauf vergaß die Frau die Holzkohle für das Bügeleisen zu löschen, und das Haus brannte ab. Da es mitten im Feld stand, sprang das Feuer nicht auf Kazues Haus über. Sie und Nozaki mieteten danach das Stück verbrannter Erde und errichteten sich darauf ein weiteres Haus, ebenfalls mit einem einzigen – diesmal aber großen europäischen – Zimmer. Zum Jahresende wurde es fertig. Woher sie das Geld hatten? Wahrscheinlich aus einem Vertrag, der es ihnen erlaubte, jeweils dann, wenn sie aus ihrer Arbeit Einnahmen hatten, etwas zurückzuzahlen. Da das Haus ganz oben auf dem Hügel stand, waren nachts seine Lichter aus großer Ferne zu sehen, weswegen Besucher in noch größeren Scharen kamen als vorher, als sie in dem unteren Haus gewohnt hatten. Man plauderte gern bis spät in die Nacht hinein, meistens endete das in einer Trinkerei. Nozaki pflegte sein Gegenüber in der ihm eigenen stotternden Sprechweise scharf zu attackieren: »Ha, da bist du aber schön auf dem H . . . Holzweg, wenn du denkst, du würdest gerächt werden.« Doch mochte das, was er sagte, noch so scharf sein, verletzend war es nie. Das war gewissermaßen bezeichnend für Nozakis Einstellung, niemals einem anderen weh zu tun. Was aber bedeutete es für Nozaki, daß er von allen geliebt wurde? fragte sich Kazue später. Kazue erinnert sich wieder an ein gemeinsames Erlebnis. Es war unmittelbar nach dem großen Kantō-Erdbeben. Der Blockwart hatte mitteilen lassen, jeder solle unverzüglich fliehen, denn die Koreaner* würden angreifen. »N. . .na, w. . . wohin denn nun fliehen? Aus welcher Richtung sollen die denn anrücken?« – »Was weiß ich!« Sie blieben mitten im Feld stehen. »P. . . paß auf, wir fliehen nicht. Wir bleiben im unteren Haus und verstecken uns dort auf dem Dachboden.« Sie kletterten also zwischen dem Gebälk im Eingang hoch und verkrochen sich zwischen der Decke und dem dicken Strohdach. Draußen war alles still, nur ein dünner Sonnenstrahl fiel durch die Dachsparren zu ihnen herein. Kazue und Nozaki hielten den Atem an. Die Leute aus der Nachbarschaft waren allesamt irgendwohin geflohen. Es war ein heißer Sommernachmittag. Nozaki regte sich, ganz leicht. »Du, ich müßte eigentlich mal pinkeln.« Wie konnte er nur! Wenn sein Wasser nach unten durchtropfte, wüßte man doch, daß hier oben jemand versteckt war. Im Handumdrehen fiel es ihr ein: Sie hielt den Ärmel ihres Baumwollkimonos auf: »Hier! mach's hier rein!« Sein Wasser schoß herein. Damals war es die beste Lösung, die sie hatten finden können. Und plötzlich lachte Nozaki lauthals heraus: *hahahaha*. »Ob man schon wieder nach unten gehen kann?« In der Erinnerung kommt ihr wieder jenes unschuldige Lachen in seinen Augen so deutlich herauf, als sähe sie es gerade vor sich. Obgleich er immer widersprechen mußte, bezauberte er eben doch alle Herzen.

29

In jenen Jahren reiste Kazue eines Sommers mit Nozaki in die Berge ihrer Heimat. Sie lebten und arbeiteten dort in einer Holzhütte, die gleich oberhalb des Neuen Hafens am Hang eines kleinen kiefernbewachsenen Berges lag. Ein Sonderling hatte sich diese Berghütte errichtet, und vermutlich hatte die Großmutter in Kawashimo sie für Kazue und Nozaki gemietet. Als beide nach einer vierundzwanzigstündigen Bahnfahrt dort eintrafen und die papierbespannten Schiebefenster zur See hin öffneten, entfaltete sich vor ihren Blicken die Landschaft der Inlandsee. Über den Wipfeln schwammen kleine Inseln. Kazue konnte gar nicht glauben, daß es derselbe Hafen wie vor sechs, sieben Jahren war, jener dunkle Hafen, von dem aus sie damals – nicht nur einmal – noch vor Tagesanbruch mit dem Schiff wie eine Flüchtende losgefahren war. Im Morgengrauen hörte sie im Halbschlaf das Schiff beim Ablegen tuten. Nirgendwo hatte die Vergangenheit Spuren hinterlassen. Ein und dieselbe Landschaft – wie hell und schön war sie jetzt! Während der drei Wochen ihres dortigen Aufenthaltes nahm Kazue jeden Morgen nach dem Aufstehen gleich einen Korb, ging Reisig sammeln, hängte den Kochtopf über den steinernen Herd, machte Feuer, bereitete den Morgenreis. Wasser holte sie vom Fluß. Dann und wann kamen die Mutter und Geschwister von Kawanishi herauf. Und auch hier war es wieder so, daß Nozaki schon auf vertrautem Fuß mit allen stand, ehe überhaupt Worte gewechselt worden waren. »Nozaki ist ein lieber Mensch«, erklärten sie. Wenn Glück eine Gestalt hätte, dann war es die des Lebens, das sie damals führte. So zumindest empfand es Kazue. Es war ihr zu jener Zeit schlechterdings unmöglich zu erkennen, daß genau dieses

Leben zu zweit das von ihr stets abgelehnte Eheleben war. Was war inzwischen aus ihrer Furcht vor Demaskierung geworden? Schon war es Kazue unvorstellbar, daß sie selbst es gewesen war, die sich auf einen derart albernen Gedanken versteift hatte.

Am Tag vor ihrer Abreise geschah es; Kazue räumte auf, sortierte verschriebene Manuskriptblätter und Briefseiten aus, die sie, nachdem sie im Freien eine Erdmulde ausfindig gemacht hatte, dort aufschichtete und mit einem Streichholz in Brand setzte. Obgleich es windstill war, schossen die Flammen hoch auf. Erst hinterher erkannte sie ihren gewaltigen Irrtum, anzunehmen, daß es ungefährlich sei, in einer geschützten Mulde wie dieser Feuer zu machen, weil es sich da nicht groß entwickeln würde. Im Gegenteil, gerade weil das Feuer auf der Sohle einer solchen Vertiefung angezündet worden war, schossen die prasselnden Flammen jählings empor. Im Nu sprangen sie auf die Äste der umstehenden Kiefern über, mit schaurigem Knistern barsten die Zweige und setzten alles ringsumher in Brand. »Shichirō! Schnell!« – »Was de . . .denn?« Bis Nozaki kam, hatte der Wind das Feuer frisch angefacht und es in alle Richtungen hin verbreitet. »Zu Hilfe! Zu Hilfe!« Selbst jetzt noch, in der Erinnerung an diesen Schrecken, läuft es Kazue kalt über den Rücken. Und noch immer träumt sie davon, träumt, wie die Dorfbewohner, jeder mit einem Besen auf der Schulter, von überall auf der sich um den Fuß des Berges schlängelnden weißen Landstraße herbeigeeilt kamen. Mitten unter ihnen der sich puppenhaft langsam bewegende Nozaki, der mit einem Eimer Wasser aus dem Talfluß schöpfte. In einer halben Stunde war das Feuer gelöscht. Sie und Nozaki hockten regungslos in der Erdmulde. Wohl um sie zu trösten, sagten die Leute: »Wir wissen schon, wie man damit umgeht. Erst in diesem Frühjahr hatten wir einen Waldbrand.« Als alle wieder den Berg hinabgingen, war es kurz vor Sonnenuntergang. Im Widerschein der sinkenden Sonne sah Kazue, daß eine weite Fläche kahlgebrannt war. Plötzlich schrillten neben ihnen die Zikaden.

Die Erinnerung an diesen Tag ist für sie auf immer unlösbar mit dem Anblick von Nozaki verknüpft, wie er den Eimer hält. Er war es zwar nicht gewesen, der das Feuer gelöscht hatte, dennoch bleibt in ihrem Gedächtnis mehr als alles andere Nozakis Gestalt lebendig, die im weißen Kimono langsam Wasser aus dem Talfluß schöpft.

Es war im Winter desselben Jahres. Nozakis älterer Bruder errichtete ein Haus auf dem Nachbargrundstück und zog dort mit Frau, drei Kindern und einem kleinen Hund namens Fritz ein. Nozakis Mutter lebte zunächst bei dem Bruder, bis sie später zu Kazue übersiedelte; man hatte das unten gelegene strohgedeckte Haus um ein Zimmer erweitert. Zur selben Zeit kam auch Tomoko, Kazues jüngere Schwester, die die Mädchenschule abgeschlossen hatte, nach Tōkyō; sie lebte mit Nozakis Mutter zusammen.

So hatte sich der Familienkreis mit einemmal vergrößert. Der Hund bellte, sobald er morgens und abends jemand den Hang herabkommen hörte. Da das Haus des Bruders innerhalb desselben, verlängerten Lattenzaunes lag, wirkten die drei Häuser wie ein kleiner Weiler. Und es schien, als würde die Harmonie dieser kleinen Gemeinschaft samt Fritz, dem Hund, ewig halten. Längst gehörte Kazues und Nozakis Vagabundenleben der Vergangenheit an. Morgens, wenn sie aufstanden, die Fenster öffneten, waren die Kinder des Bruders bereits im Garten. Abends sah man Tomoko Hand in Hand mit der Mutter Nozakis auf ihrem Weg zum Krämer den Hang hinaufsteigen.

Um diese Zeit fuhren Kazue und Nozaki zusammen zur Arbeit nach Yugashima auf Izu. Yugashima war damals noch ein ländliches Thermalbad mit zwei, drei Gasthöfen mitten in den Feldern zu beiden Seiten des Flusses. Gleich nach ihrer Ankunft im Gasthof ging Kazue baden, und als sie danach im Obergeschoß ihr Handtuch über die Verandabrüstung hängte, fühlte sie sich mit einemmal frei. Später, lange danach, mußte sich Kazue immer wieder daran erinnern. War das ein Ausdruck der Zufriedenheit darüber gewesen, daß sie nun in Tōkyō ein Haus besaß? Wem gäbe das Haus keinen Halt? Ist Kazue ohne Haus überhaupt vorstellbar? Kazue war rundum zufrieden. Wünschte sie sich wohl darüber hinaus noch etwas? Daß dieses Gefühl des inneren Friedens je zerbrechen könnte, war schlicht unvorstellbar! Wie fest war sie davon überzeugt! Eines Abends begegneten Kazue und Nozaki bei ihrem Spaziergang auf der Brücke zwei Badegästen in weißen Baumwollkimonos. Der eine war Tabata, ein Nachwuchsschriftsteller wie sie beide; der andere, Fujii, war vorerst noch ein hoffnungsvolles literarisches Talent. Mit Tabata, der im selben Gasthof wohnte, hatten sie sich bereits bekanntgemacht, folglich schloß Nozaki auf der Stelle Freundschaft mit Fujii, der in Sekonotaki untergekommen war. Mit ihm entwickelte sich ein reger gegenseitiger Kontakt. Allerdings wurde diese Freundschaft später Anlaß für einen völlig unerwarteten Vorfall.

30

Fujii machte den Eindruck eines schweigsamen, gelegentlich jedoch auch äußerst gesprächigen Menschen. Ob Nozaki ihm gefiel? Oder ob er nur so tat? Nach ihrer ersten Begegnung auf der Brücke von Yugashima besuchte er ihn fast täglich. Fujii schien von kräftigem Körperbau, aber das sah nur so aus, tatsächlich war er äußerst hager. Von anderen erfuhr Kazue später, daß er an Lungentuberkulose litt, seit langem bereits im fortgeschrittenen Stadium. Doch schien sich Fujii selbst weiter nicht darum zu kümmern, noch schien seine Umwelt besonders Rücksicht darauf zu nehmen. Er lachte häufig und kniff dabei die Augen zusammen. Sein Lachen hatte etwas Eigentümliches, in einer Art nervösen Falsetts klang es mal *»hahahaha«*, mal gezierter *»hohohoho«*.

Fujii muß um vieles jünger als Kazue und Nozaki gewesen sein. Aber in seiner Art zu denken lag etwas Altkluges, und er hatte Geschick im Umgang mit Menschen. Viel später erst begriff Kazue, daß das nur so schien und das Gegenteil davon stimmte, aber da lebte Fujii schon nicht mehr.

Jinkichi, sein Vorname, schrieb sich mit den Zeichen für »Grund« und »Glück«. »Also«, lachte er, »da gibt es Leute, die schreiben meinen Namen mit den Zeichen für ›Grab‹ und ›Glück‹«. Er erzählte das so, als gäbe diese ominöse Falschschreibung eine blendende Anekdote ab.

Wegen einer dringenden Angelegenheit fuhr Nozaki allein nach Magome zurück, während Kazue blieb, um ihr Manuskript zu beenden. Damals hielt sich die Ehefrau eines schon ziemlich etablierten Schriftstellers, der ebenfalls in Magome lebte, im selben Gasthof auf, und Kazue pflegte daher das Abendessen mit ihr auf dem Zimmer einzunehmen. Kaum hatten sie die Mahlzeit beendet, da fand sich meist schon Fujii ein. Und war er einmal da, dann blieb er endlos lange; Mitternacht war oft längst vorbei, und er ging noch immer nicht. Die Dienstmädchen versuchten alles mögliche; sie stellten zum Zeichen, er solle endlich gehen, ihre Besen umgekehrt mit einem darübergeworfenen Handtuch vor die Tür auf. Aber Fujii merkte entweder nichts, oder wenn er es merkte, dann tat er so, als ob er es nicht merke. In ihm schienen artige Höflichkeit und grobe Unhöflichkeit unmittelbar nebeneinander zu bestehen. Kazue wußte indessen, daß dieser äußere Anschein trog und sich alles ganz anders verhielt, ja daß etwas wie Leidenschaft dahintersteckte. Es passierte dann das, was in so einem ländlichen Gasthof zu den alltäglichsten Dingen gehört, aber gerade deswegen wurde es auch von niemandem beachtet.

Kazue neigte dazu, wenn sie aus irgendeinem Anlaß etwas Neues anfing, unwillkürlich, ohne sich dessen im geringsten bewußt zu sein, immer wieder in ein und dasselbe Muster zu verfallen. Wenn sie sich nämlich dessen deutlich bewußt gewesen wäre, dann wäre diese Geschichte möglicherweise vermeidbar gewesen. Die Familie in Magome hatte sich vergrößert, Tomoko war auch da und besorgte den Haushalt. Von dieser Sorge befreit, fuhren Kazue und Nozaki von nun an häufiger nach Yugashima. Verlangte es seine Arbeit, blieb Nozaki zu Hause, und Kazue fuhr allein los. Wie brachte sie es nur fertig, allein nach Yugashima zu fahren und Nozaki, von dem sie sich bisher nie, nicht einmal für kurze Zeit, getrennt hatte, im Haus zurückzulassen? Den wahren Grund hierfür durchschaute sie selbst nicht. Obwohl seitdem gut fünfzig Jahre vergangen sind, sieht sie noch immer deutlich vor sich, wie die Abendsonne in jenes zum Fluß hin gelegene Gasthofzimmer schien und die papierbespannten Schiebefenster beleuchtete. Der Fluß rauschte, und ab und zu ertönten die Rufe der Singfrösche.

Fujii sitzt dort und erzählt von mehr oder minder alltäglichen Begebenheiten. Er nimmt das Teetablett in die Hand und sagt: »Ah, was für einen schönen Farbton es jetzt hat.« Er selbst besitzt genau so eines; Kazue hat es bei ihm, als sie ihn einmal in seinem Gasthof aufsuchte, stehen sehen. Fujii liebt grünen Tee, er hat einen Holzschnitzer beauftragt, ihm aus Ulmenholz ein Tablett zu schneiden, das er so lange mit einem weichen Tuch polierte, bis das Holz glänzte. Kazues Tablett ist eine Nachbildung. Während Fujii so redete, hatte er etwas von einem greisen Ästheten. Kazue wußte indes, daß dies nur die eine Seite von ihm war. Obwohl er Schriftsteller werden wollte, sprach er nie über Literatur mit ihr. Aber Kazue sah, daß sein Papierkorb neben dem Schreibtisch in seinem Gasthofzimmer stets mit verworfenen Manuskriptseiten gefüllt war. Verknüpfte diesen Fujii und Kazue irgendein ganz besonderes Band? Rief Kazues Eigenschaft, es anderen nachzutun, was immer es war, bei den Leuten den Eindruck hervor, daß Fujii sie beeinflußte? Es war ein Sommernachmittag im selben Jahr; sie ging gemeinsam mit fünf oder sechs Schriftstellerkollegen, die sich ebenfalls in Yugashima aufhielten, spazieren. Sie schauten von der Brücke hinab auf den tosenden Fluß, als einer von ihnen sagte: »Darin kann man beim besten Willen nicht schwimmen.« – »Oh doch!« widersprach Fujii, und ehe sie sich versahen, hatte er auch schon seinen Obi gelöst und war nackt von der Brücke hineingesprungen. Sie hatten ihn wie immer mit seinen schmalen Augen lachen sehen, doch keiner hatte erwartet, daß er hineinspringen würde. Fujii schwamm etwa vierzig Meter flußabwärts, dann drehte er sich um, winkte den Leuten zu und lachte wieder. Kazue durchschaute, daß sein Lachen den Leuten Sand in die Augen streuen sollte, sie hatte etwas gespürt, das ihr Schrekken einflößte. Nie wird sie das vergessen.

Dann kam der Herbst. Der Amagi-Berg war überdeckt mit rotem Laub, als Fujii eines Tages beim Gasthof die Nachricht hinterließ, er werde den Amagi besteigen. Es wurde Nacht, und noch immer war er nicht zurückgekehrt. Die Wirtsleute waren deswegen beunruhigt, und am nächsten Morgen brach ein Suchtrupp auf, doch ließ sich keine Spur von ihm finden. Am Spätnachmittag desselben Tages kehrte Fujii zurück. Kein Wort der Entschuldigung brachte er hervor, auch nicht, als er erfuhr, daß Leute vom Dorf nach ihm gesucht hatten. Er gab auch keine Erklärung ab, nicht einmal darüber, ob er den Berg wirklich bestiegen hatte oder nicht.

Manchmal war Fujii schwer zu verstehen. Kazue akzeptierte ihn, wie er war. In einer Zeitschrift las sie einmal etwas von ihm. Seine Sprache war knapp, kräftig. Und was er nicht direkt formulierte, vermeinte sie zwischen den Zeilen zu lesen. Hat sie jemals mit Fujii darüber gesprochen? Wieder zurück in Magome, kam von Fujii ein Brief an sie; er würde gern nach Magome kommen, hieß es darin. Was mochte ihn dazu bewogen haben? Kaum hatte sie den Brief gelesen, lief sie damit los, denn es drängte sie, die Nachricht allen und jedem mitzuteilen. »Herr Fujii schreibt, er wird uns hier besuchen kommen.« Erst nachträglich ging ihr auf, welchen Eindruck das hervorgerufen hatte. Daß Fujii zu Besuch kam, war an sich gar nichts Außergewöhnliches, aber das Aufhebens, das sie davon machte, indem sie herumlief, um es allen mitzuteilen – war das nicht reichlich albern? Doch sie selbst merkte es gar nicht. In ihrem kleinen Freundeskreis kursierte daraufhin das Gerücht, Kazue habe für Fujii viel übrig.

31

Später faßte sich Kazue an den Kopf: Was hatte sie sich nur damals dabei gedacht? Ja, wäre sie sich dessen bewußt gewesen und hätte sie so viel Gelassenheit aufgebracht, darüber nachzudenken, wäre es möglicherweise gar nicht passiert. Wirklich? Wäre es nicht so oder so von selbst gekommen, eine Naturerscheinung, ganz gleich, ob sie sich dessen bewußt gewesen wäre oder nicht?

»Soeben die erste Folge deines Romans gelesen. Gratuliere. Hocherfreut. Kazue«, lautete ihr Telegramm, das sie von Yugashima aus an Nozaki in Magome schickte. Es war ein Herbstmorgen. Sie hatte nicht gewußt, daß Nozaki für die »Morgenpost« einen Roman schrieb, und war überrascht, als sie morgens die Zeitung aufschlug und darin seinen Roman entdeckte. Warum hatte er es ihr nicht gesagt? Ihr war das jetzt allerdings nicht so wichtig. Wichtiger war ihr die Freude, die sie erfüllte, daß er sich zum erstenmal eine große Arbeit vorgenommen hatte. Wären sie beisammen, sie würden sich bestimmt vor Glück umarmen. Von dieser Freude aber hatte er ihr nichts gesagt. Und deswegen aus Magome anzurufen, wo es im Haus kein Telefon gab, entsprach nicht seiner Gewohnheit. Ob er gedacht hatte: Das kann ich ihr später noch immer in einem Brief schreiben? Da er ihr eigentlich nie Konkretes über sich selbst erzählte, nahm sie es einfach so an.

Damals wohnte ein Journalist vom Feuilleton der »Morgenpost« in Magome; er hatte Nozaki öfter besucht. Oder sollte es nicht richtiger heißen: Er war Nozaki begegnet und war – wie es bei Nozaki Brauch war – in den festen Freundeskreis aufgenommen worden? Das heißt: Man trank, sang und diskutierte miteinander.

Und so hatte Nozaki vermutlich durch Vermittlung dieses Journalisten den Auftrag bekommen. Das ist Freundschaft. Der Journalist war von Nozaki bestimmt aufrichtig angetan gewesen, und Kazue fühlte Nozakis Freude nach. Höchstwahrscheinlich würde man den heutigen Abend im oberen Haus in Magome mit einem Trinkgelage verbringen, und Tomoko würde durch das Rettichfeld eilen, um Sake einzukaufen. Sie malte sich diese Szene in allen Einzelheiten aus. Hätte Kazue nicht in demselben Augenblick ihre Arbeit beiseite legen und heim nach Magome fahren müssen? Aber sie befand sich mit ihrer Arbeit doch gerade im Endstadium. Mag sein, daß sie sie erst zu Ende bringen wollte, jedenfalls fuhr sie an dem Morgen nicht gleich nach Hause.

Welchen Reim aber machten sich die Leute auf das, was sie da von ihren Gefühlen preisgab? Kazue kannte den Tratsch noch nicht, der in Magome kursierte, erst viel, viel später erfuhr sie davon. Sie wußte nichts von den Erwartungen derjenigen, die sich eng um ein Paar scharen. Dieses Paar hatte sich so lieb, daß es fast immer zusammenhockte. Die Leute schauten darauf wie auf eine Sehenswürdigkeit. Und sie genossen den Anblick. Aber dann eines Tages – so könnte es gewesen sein – bekamen sie plötzlich Lust, der Zerstörung dieser schönen Zweisamkeit zusehen zu wollen; nur spaßeshalber. Einer von ihnen war tatsächlich nach Yugashima gekommen – auch das erfuhr Kazue erst sehr viel später –, weil er »selbst mal nachschauen wollte, was Wahres daran ist«. Wie muß sich in den Augen dieses Menschen ihre Beziehung zu Fujii widergespiegelt haben? Er soll zurückgekommen sein und gemeldet haben: »Idiotisch, man kann nicht zulassen, daß Nozaki allein eine lächerliche Figur abgibt.«

Das hat sich Kazue eingeprägt, das wird sie nie vergessen, denn deswegen konnte sie sich darüber hinwegtrösten, daß sie von dem Mann verlassen wurde, deswegen kam sie zu ihrer ganz eigenen Interpretation. Eben, sie war ja gar nicht von ihm verlassen worden; es war wegen eines gewissen schlechten Scherzes, den man sich ausgedacht hatte, um sie in die Situation der verlassenen Frau zu bringen, so jedenfalls wollte sie es sich selbst gern glauben machen. Frauen, die von einem Mann sitzengelassen worden sind, wollen ja niemals wahrhaben, daß sie die Schuldigen gewesen sind, sie möchten lieber glauben, daß sie aus einem völlig anderen Grund verlassen wurden. Auch Kazue machte da keine Ausnahme. Was aber hatte sich wohl in Magome abgespielt, während sie in Yugashima blieb? Abend für Abend, pünktlich, sobald es dunkel wurde, war die ganze Korona in die Stadt aufgebrochen und von Bar zu Bar gezogen. Bisweilen kam Nozaki am Morgen noch nicht heim. »Was macht Kazue nur?« soll seine Mutter immer wieder gefragt haben.

Das Honorar der Zeitung gab Nozaki großzügig mit seinen vielen Freunden auf diesen gemeinsamen Sauftouren in der Stadt aus. Daran hatte er seinen Spaß. Steckte aber nicht noch etwas anderes dahinter? Ein anderes Motiv? Es war eines Abends nach Kazues Rückkehr nach Magome. Nozaki war nicht zu Hause, aber ein Bote kam mit der Mitteilung, ob Kazue nicht auch kommen wolle, sie befänden sich alle im Sawada-ya am Meer von Ōmori. Das Sawada-ya war eine jener Gaststuben, wo außer Bier und Sake nur einfache Krebsgerichte serviert wurden; man saß dort aber sehr angenehm in einem weiten, großen Zimmer bei geöffnetem Fenster, durch das der Wind vom Meer hereinkam. Hier versammelten sie sich bei jedem Anlaß, sie waren Stammkunden; auch Kazue kannte das Restaurant gut. Als sie die Schiebetür öffnete und das Zimmer betrat, sah sie lauter bekannte Gesichter, alle vom vielen Sake gerötet. »Ah, da ist Kazue.« – »Komm, komm her, hier zu mir. Ich muß dir Tama-chan* vorstellen.« Jeder bemühte sich, so herzlich und vertraut wie immer mit ihr zu tun, aber neben Nozaki, den sie längere Zeit nicht mehr gesehen hatte, saß ein ihr unbekanntes Mädchen. »Tama-chan, das hier ist Kazue«, stellte Nozaki Kazue vor. Das Mädchen sah noch fast wie ein Kind aus mit ihrem straff hochgebundenen Haar und dem Kimono aus einem bunt getüpfelten Baumwollstoff. Es starrte Kazue ins Gesicht und sagte: »Guten Abend.« Auch Kazue sagte: »Guten Abend.« Wie hätte sie in diesem Augenblick glauben können, daß Nozaki etwas mit diesem Mädchen hatte? Das Mädchen errötete, und seine Augen glänzten so frisch wie bei einem Kind. Es schien in Trance zu sein und weder Kazue noch sonst jemanden in der Runde wahrzunehmen. »Tama-chan, hör mal ...« – »Tama-chan, hör mal, willst du uns nicht das Lied, na, du weißt schon welches, singen?« rief man dem Mädchen zu. Es wiegte die Schultern ein wenig, dann begann es zu singen. Es war das Lied, das Nozaki stets sang, wenn er betrunken war, ein elegisches Lied, das eher rezitiert als gesungen wurde. Während das Mädchen sang, schloß es die Augen und wiegte sich so, wie Nozaki es beim Singen tat; die Gesellschaft jubelte ihm zu und klatschte Applaus. Wer durchschaute wohl, daß diese Naivität des Mädchens ihn blind machte? Nichts konnte für Kazue grausamer sein als dieses Lied. Brach das Mädchen den Gesang ab, als es sah, wie Kazues Gesichtszüge erstarrten? Nein, dazu war es zu glücklich. Es war zu jung, um wahrzuhaben, daß hier jemand verletzt wurde. Kinder reißen in ihrer Kindlichkeit ohne Skrupel der Libelle die Flügel aus. Niemand kann sie davon abbringen. Und die Leute applaudierten, sich dessen nicht bewußt.

32

Seit dieser Nacht war die Beziehung zwischen Kazue und Nozaki nicht mehr dieselbe. Im Bett zögerte sie, ihn zu umarmen. Gern hätte sie gewußt, was er sich in diesem Augenblick wünschte. Doch hätte sie das von ihm gern erfahren, bevor er es aussprechen würde. Dann wollte sie es genau so machen, wie er es sich wünschte. Auch dann, wenn es das wäre, wovor sie sich am allermeisten fürchtete. Ob das ein Zeichen ihrer Liebe war? Nein, das war es nicht. Nein, das war es nicht, so fühlte sie jedesmal, wenn sie später daran dachte. Ob sie überhaupt je daran dachte, ihn nach dem Mädchen in der Gaststube von Sawada-ya zu fragen? »Welchen Kimono möchtest du anziehen?« fragte sie ihn, aber sie fragte ihn nicht, wohin er ging. Nozaki verhielt sich ihr gegenüber seither noch rücksichtsvoller. Auch wenn es spät wurde, kam er dennoch stets nach Hause. Aber manchmal war es kurz vor Morgengrauen, wenn er schließlich kam. Kazue lag allein im Bett und wartete auf das Geräusch seiner Schritte mit dem eigentümlich gleichmäßigen Rhythmus, wenn er den Hang herabstieg. Tief in der Nacht hörte sie Fritz bellen. Ob es ihr, während sie auf Nozaki wartete, wohl einfiel, daß sie selbst Jahre zuvor einen anderen genauso hatte warten lassen? Ob sie sich darauf besann, daß Warten – damals und heute – sehr wohl dasselbe bedeutete? Doch Kazue hatte schon vergessen, daß sie selbst jemanden hatte warten lassen. Dieser Grausamkeit erinnerte sie sich nicht mehr, dafür mußte sie sie jetzt am eigenen Leibe erfahren. Dennoch nahm sie es Nozaki nicht übel. Aber auch das war ihr nicht bewußt. Wie einen Windstoß auf ihrem Lebensweg – so nahm sie es einfach hin.

Einmal blieb Nozaki bis zum nächsten Tag aus. Von da an

geschah dies öfter. Was das für sie bedeutete, wurde ihr klar, als sie die Vorhänge vor dem großen Fenster neben ihrem Bett beiseite zog und hinausblickte. Jemand hatte ihr erzählt, daß Nozaki jetzt in einem Hotel in der Gegend von Azabu* schreibe. Nicht einmal da fiel Kazue aber ein, daß sie selbst vor einigen Jahren ohne ein Wort aus dem Haus in Hokkaidō fortgegangen war, daß sie angefrorene Teller und Schüsseln in der Spüle und einen Berg Schulden hinterlassen hatte, an dem noch jahrelang abzuzahlen sein würde. Wie grausam empfand sie jetzt den Blick aus dem Fenster, aber noch immer entsann sie sich nicht im entferntesten, daß sie vor Jahren das gleiche Leid einem anderen zugefügt hatte. Sie versuchte einfach nur, mit dieser Sache fertigzuwerden, die sie allein als ihr Problem empfand.

Nur für Kazue war das Haus ohne Nozaki zu groß. Ausgerechnet dieses Haus, das Tag und Nacht so voller Gäste gewesen war, suchte nun niemand mehr auf. Keiner kümmerte sich um die einsam zurückgebliebene Kazue. Wahrscheinlich trafen sich alle diese Leute irgendwo draußen mit Nozaki, wo sie tranken und sangen, ganz so wie früher in diesem Haus. Vielleicht war dies ja selbstverständlich für gute Freunde. Kazue wurde allein gelassen. Doch in diesem Haus untätig zu bleiben, das brachte sie nicht fertig. Nichts war für sie schwieriger, als etwas still zu erdulden. Sie mußte einfach etwas tun. Ob die Leute das so interpretierten, daß ihre Liebe zu Nozaki nicht sehr tief sei? Ob sie es so deuteten, daß sie einen frivolen Charakter habe? Sie jedenfalls fühlte sich außerstande, in dem Haus auf seine Rückkehr zu warten. Auch sie wollte jetzt weg aus diesem Haus, wollte woanders hingehen. Oder wollte sie einfach nur etwas unternehmen? Die Vorstellung, daß sie darüber Nozaki vergessen könne, schien ihr absurd. Nur war sie nicht imstande, untätig zu bleiben. Mit Tomoko spazierte sie in die Stadt, mit dem Hund jagte sie über die Felder. Eines Tages ging sie in die Stadt und kehrte mit einem Bubikopf zurück. »Um Himmels willen, Kazue! Was hast du denn gemacht?« Nozakis Mutter und die Schwägerin starrten sie verdutzt an. Damals trugen erst ganz wenige Frauen einen Bubikopf. »Bubikopf«, das war etwas Ultramodernes. Kazue sah mit dem kurzgeschnittenen Haar völlig verändert aus, wie ein anderer Mensch. In den Augen der Mutter und der Schwägerin spiegelte sich Mitleid, weil Kazue mit ihren siebenundzwanzig Jahren noch nicht einmal wie zwanzig aussah. Ob Kazue insgeheim vorhatte, so jung wie jenes Mädchen bei Sawada-ya auszusehen? Man konnte es gar nicht fassen, wie munter Kazue wieder geworden war. So blendender Laune, daß man sich fragen mußte, ob dies tatsächlich eine Frau war, die von ihrem Gefährten verlassen worden war. Gewiß, das Haus sah kein bißchen anders aus als früher, nur fehlte eben Nozaki. Nozakis Bruder und Mutter verkehrten mit Kazue, als hätten sie nicht bemerkt, daß Nozaki verschwunden war. Nozaki war zwar nicht mehr da, aber das Haus gab es. Und es gab Nozakis Bruder und Nozakis Mutter, auch die Kinder und den Hund. Von denen, die Kazue hier umgaben, wollte anscheinend niemand Kazues Zusammenbruch wahrhaben. Eines Tages schien es ja auch so, als würden ihre Hoffnungen wahr. Nozaki kehrte nach einem halben Monat zurück. Nein, von Zeit zu Zeit kam er – und blieb aufs neue fort, so als würde er alle glauben machen wollen, daß er und Kazue sich noch nicht getrennt hätten. Oder wünschte er, daß sie sich in der Zwischenzeit bis zur tatsächlichen Trennung allmählich an den Kummer gewöhnte? Offenbar gelang ihm das größtenteils auch. Die Trennung vollzog sich so langsam, daß nicht einmal Kazue genau weiß, wann sie wirklich geschah. Denn Nozakis gelegentliche Heimkünfte erweckten den Anschein, daß sie sich, auch nachdem sie sich dann wirklich getrennt haben würden – zwar nicht mehr im Hause in Magome, aber woanders –, als Freunde wiedertreffen und begegnen könnten, ja, als ob überhaupt jederzeit ein Wiedersehen möglich wäre.

Etwa um diese Zeit traf eines Nachmittags ein an Kazue

adressierter Brief ein. Der Name des Absenders sagte ihr nichts, der Ort Kitagouchi, ein von ihrem Heimatstädtchen etwas weiter bergeinwärts gelegenes Dorf, war ihr geläufig. Die Schriftzeichen waren mit Pinsel ungeschickt und ungleichmäßig groß auf die Papierrolle geschrieben. »Ich vermute, Sie werden sich meiner nicht mehr erinnern. Ich bin der Sohn des Bürgermeisters von Kitagouchi. Ich folgte meinem Vater im Amt nach und wurde ebenfalls Bürgermeister. Bei den Bauarbeiten der neuen, zum nächsten Dorf führenden Bergstraße oblag mir die Aufsicht; eine Dynamitexplosion verletzte mich schwer. Ich verlor beide Hände und Füße. Inzwischen habe ich gelernt, mit dem Mund zu schreiben. Von morgens bis abends verbringe ich meine Tage mit der Abschrift des Kannon-Sutra. Lang ist es her, aber jenes Ereignis von damals habe ich nicht vergessen.« So lautete der Brief. Die ferne Vergangenheit tauchte vor Kazue wieder auf. Wie im Traum sah sie jenen Tag vor sich, an dem sie verrückt gespielt und den Mann in die Flucht getrieben hatte. Aber die Erinnerungen glitten so rasch vorüber wie die Bilder einer Laterna Magica. Auch seine Nachricht, daß er beide Hände und Füße verloren habe, seine Tage mit der Abschrift des Kannon-Sutra verbringe, spiegelte sich nur einen kurzen Augenblick in ihrem Herzen wider. Langsam zerriß sie den Brief.

33

»Tomoko, sei so nett und paß aufs Haus auf«, bat Kazue beim Weggehen, als sei Tomoko einzig deswegen in die Stadt gerufen worden, um anstelle von Kazue die Betreuung des Hauses zu übernehmen. Dank Tomoko würde die Verbindung zu Nozakis Familie nicht völlig abreißen. Also ging Kazue aus dem Haus, wie stets mit einem Korbköfferchen, das Kleidung zum Wechseln und ihre Schreibutensilien enthielt. Gibt es Orte in der Welt, die man besser meiden sollte? Kazue fuhr häufig nach Yugashima mit der Begründung, sie arbeite dort.

In Yugashima befand sich Fujii. Doch der schwer erklärbare Charme, den er für sie in den letzten ein, zwei Jahren stets gehabt hatte, war verblaßt. Freilich, ein und derselbe Mensch kann je nach den Umständen einmal eine große Anziehungskraft ausüben, und ein andermal gar keine. Fujii hatte sich nicht verändert, es war Kazue, die sich verändert hatte. Denn sie war wie eine Zikade nach der Häutung – völlig verwandelt. In ihrem Gasthof hatten sich ein literaturbegeisterter Mann mittleren Alters und ein noch junger Mann einquartiert. Beide besuchten Kazue häufig. Der ältere erzählte, er nehme gegen seine nächtliche Schlaflosigkeit irgendein deutsches Medikament. »Oh, geben Sie mir etwas davon ab. Ich möchte so gern mal ausprobieren, wie so etwas wirkt«, bat Kazue. Das Schlafmittel, das sie zum erstenmal einnahm, wirkte bei ihr nicht als solches, es versetzte sie vielmehr in eine Art Rausch; wie im Traum fühlte sie sich danach. Nachdem sie so die Wirkung des Schlafmittels in ihrem jetzigen Zustand erfahren hatte, sagte sie: »Ein eigentümliches Gefühl hat man danach, kann ich noch mehr kriegen?« Später ließ sie es sich dann von Tōkyō kommen.

Eines Abends hatte sie von dem Schlafmittel genommen, als sie in einer großen Gesellschaft ausging, um Glühwürmchen zu fangen. Wie bei einer Schlafwandlerin wollten ihr die Füße nicht so recht gehorchen, darum trat sie, um es die anderen nicht merken zu lassen, besonders kräftig auf. Frisch wehte der Wind vom Fluß.

Auf einmal merkte sie, daß sie sich von der Gesellschaft entfernt hatte und durch dichtes Gras lief. »Haben Sie keine Angst! Halten Sie sich nur an meiner Schulter fest«, sagte jemand und faßte sie kräftig am Arm. Es war der junge Mann, der seit kurzem im selben Gasthof wohnte. Sie wußte nicht, wer er war. Was sie hingegen wußte, war, daß er hochgewachsen und hellhäutig war und daß er schöne Hände besaß. »Ich habe gar nichts dagegen; Sie also waren es, der mich hierhergebracht hat«, erwiderte sie und wollte ihn gerade anschauen, als er sie im selben Moment ins Gras drückte. Sie leistete keinen Widerstand. Im Gegenteil, sie weiß noch immer, wie angenehm ihr die Berührung ihres fiebrig heißen, gleichsam trunkenen Körpers mit dem kühlen Gras war. »Was haben Sie vor?«, auch das hat sie nicht gesagt. Jenseits des dunklen Feldes sah sie die flackernden Lichter irgendeines Gasthauses. »Wollen Sie sich nicht im Fluß waschen?« fragte er sie. Meinte er: zur Schwangerschaftsverhütung? Sie schüttelte ganz leicht den Kopf. Kam diese Ekstase von dem Schlafmittel oder durch ihn? Sie wußte es nicht. Behalten hat sie bis heute, daß sie jenem unbekannten Mann wegen seines Wagemutes am liebsten etwas Anerkennendes hatte sagen wollen.

Am nächsten Tag reiste der Mann ab. Ob er davon hatte reden hören, daß sie von ihrem Mann verlassen worden war? Ja, sitzengelassen und verzweifelt. Ob er sie deshalb auf die Schnelle verführt hatte? Selbst diese Deutung hat Kazue damals nicht in ihrer Selbstachtung verletzt. Ihr war es einerlei. Was der Mann getan hatte, bedeutete für sie Befreiung, aber das begriff sie erst vage, doch man sah schon, daß sie sich seitdem um einiges verändert hatte.

Der Winter kam, und mehrere Studenten zogen in den Gasthof ein, um sich auf das höhere Beamtenexamen vorzubereiten. Das Thermalbad dort war kein eigentliches Gemeinschaftsbad, aber Kazue fand es reichlich gezwungen, wenn sie sich, sobald sie Männer aus dem Wasser steigen sah, auf ihr Zimmer zurückzog. So kam es vor, daß sie, wenn es die Studenten waren, ruhig dort blieb und sich auszog. In dem aus Steinen gebauten Thermalbad mit seiner Aussicht auf den Fluß war es so einfach das natürlichste. Während Kazue badete, fiel ihr Blick auf den nackten Körper eines dieser Studenten. Braungebrannt und muskulös, besaß sein junger Körper dennoch etwas von unberührter Frische. In seinen Augen blitzte es, als sie ihren Obi löste. »Ah, Sie sind es«, sagte Kazue, denn es war derselbe Student, der am Morgen – sie wollte gerade zu einem Spaziergang aufbrechen – den mit ihrem Geta spielenden Hund des Gasthofs eingefangen und ihr die fehlende Holzsandale zurückgebracht hatte. In seinem gemusterten Baumwollkimono hatte er einen noch sehr kindlichen Eindruck gemacht, so daß sie ihn im Bad nicht sogleich wiedererkannte. Sprach sie ihn wirklich ganz ohne Absicht an? Ob er sie nicht einmal besuchen wolle? Er besuchte sie am Abend.

In diesem ländlichen Gasthof war es durchaus üblich, den Badegästen und ihren Besuchern die Mahlzeit auf dem Zimmer zu servieren. Nach dem Essen machten beide einen weiten Spaziergang in Richtung Bergpaß. Als sie heimkehrten, war es bereits tiefe Nacht. »Gehen Sie durch diesen Eingang hier, da wird Sie keiner sehen.« Kazue führte ihn seitwärts vom hinteren Wäscheplatz aus eine schmale Stiege zu ihrem Zimmer hinauf. Warum sie das tat, ist schwer zu sagen. Doch brachte sie von da an alles fertig. Am nächsten Morgen, ehe es hell wurde, stieg der Mann die Stiege wieder hinunter und kehrte in sein Zimmer zurück.

Bald danach reiste der Student ab, nach Tōkyō, um sein Examen zu machen. »Wahrscheinlich werde ich durchfallen. Na, wenn schon ...«, hatte er am Abend vorher immer wieder gesagt und dabei gelacht. Durfte man Kazue dafür schelten, wenn er wirklich durchfiel? Eines Nachts hatte sie ihm eine selbstgestrickte Weste mitgegeben und gesagt: »Da, ziehen Sie die an, es ist kalt, wenn Sie jetzt nach draußen gehen.« Wie kindlich er noch war, fiel ihr dadurch auf, daß er diese grellbunte Weste wie einen Harnisch ständig unter seinem Hemd trug. Ja, sie mochte wohl die Verführerin gewesen sein, doch selbst, wenn es ihr leid täte, was würde es ändern? Aus seinem Heimatort Noto, wohin er zurückgekehrt war, schickte er noch die Mitteilung, daß er das Examen nicht bestanden hatte. Damit endete ihre Beziehung. Von jetzt an, entschied sie, würde sie zumindest keine Verantwortung für die Verletzungen übernehmen, die sie mit dem, was sie tat, anderen beibrachte. Nein, eigentlich entschied sie gar nichts. Es war ihr unverständlich, wie Menschen aus einer Liebesbeziehung verletzt hervorgehen können. In ihrem Leben ist dann sie des öfteren diejenige gewesen, die sich als *Geschädigte* hätte fühlen können. Aber nie hat sie es einem Mann übelgenommen.

34

Kazue war nicht blind, sie wußte, daß ein Landgasthof mit Thermalbad ein Ort ist, an dem sich Mann und Frau leicht näherkommen. Sie ließ von dieser Gewohnheit auch dann nicht ab, als sie bereits aus Yugashima nach Tōkyō zurückgekehrt war. Ihre Texte schrieb sie nicht mehr in Magome, sondern in einem kleinen Hotel am Strand von Shinagawa. Mit ihrem Bubikopf und dem geschminkten Gesicht zog sie die Augen der Leute auf sich. »Sind Sie nicht Frau Yoshino?« sprach jemand sie an. Das war auf dem Treppenabsatz zum zweiten Stock des Hotels, das trotz der Bezeichnung Hotel nur ein einfach gezimmerter Holzbau war, ähnlich den Mietwohnungen von heute. »Sie sind es tatsächlich! Sie haben sich allerdings sehr verändert«, sagte der junge Mann, der in einem europäischen Anzug vor ihr stand. Kazue fehlte jede Erinnerung. »Oder sind Sie es doch nicht?« Erst als er hinzufügte: »Im Kellerrestaurant der Nihonbashi Bank«, dämmerte es ihr langsam. An diesen jungen Mann konnte sie sich aber nicht erinnern. »Entschuldigen Sie, wenn ich mich geirrt haben sollte. Ich bin Yoneda und habe damals mit Ihnen zusammen in dem Restaurant gearbeitet. Yoneda Asakichi.« Jetzt sei er Geschäftsführer dieses Hotels, erklärte er. »Ich muß es vergessen haben. Ich kann mich nicht erinnern.« Sie senkte, unsicher geworden, den Kopf. Aber nicht nur in diesem Fall konnte sie sich nicht erinnern. Das meiste verschwand aus ihrem Gedächtnis, es sei denn, etwas hatte einen besonders starken Eindruck auf sie gemacht. Ob gut oder schlecht, das war so. Vielleicht durchlief das meiste ihr Gedächtnis so rasch, daß es gar keine Spuren hinterließ. Vielleicht verhielt es sich aber auch so, daß sie gewissermaßen davon besessen war, immer nur vorwärtszueilen, und daß sie deshalb das meiste aus dem Herzen verlor. Aber wie sie das gutmütige, etwas verlegene Lächeln in den großen tiefliegenden Augen unter den buschigen Brauen des Mannes aufkommen sah, war ihr, als sei sie ihm tatsächlich schon einmal begegnet. Er las es an ihrer Miene ab, und die Treppe hinabeilend, rief er ihr zu: »Später laß ich Ihnen etwas zu trinken aufs Zimmer bringen.« Man brachte Sake, und bald darauf erschien er selbst. Inzwischen hatte er den Anzug gewechselt. »Bin ich froh, daß Sie sich doch noch an mich erinnert haben!« Gemeinsam leerten sie einige Gläser. Durch das Fenster schimmerten Lichter über dem Meer. Das war nicht mehr Tōkyō, sondern ein fernes, fremdes Land. »Damals war ich in Sie verliebt.« Als sie ihn so sprechen hörte, bildete sie sich ein, auch sie hätte ihn besonders gern gehabt. Gemeinsam verließen sie das Hotel. Am Strand gab es genügend Absteigen. In einer davon verbrachten sie die Nacht.

Am anderen Tag zog Kazue aus dem Hotel aus. Müssen nicht die Leute, die ihrem Treiben in dieser Lebensphase zuschauten, geradezu entgeistert darüber gewesen sein, wie sie sich gleich einer Zikade oder Libelle geschwind paarte und schon wieder trennte? Kazue selbst kann sich manches aus dieser Zeit nicht erklären. Aber Kazue ordnete ihre Gefühle insoweit, als sie das alles zusammen als eine einzige Handlung verstand. Wenn sie mit einem Mann geschlafen hatte, vergaß sie es sofort wieder. Nicht etwa, weil für sie Vergessen für das Verdrängen wichtig gewesen wäre, sondern weil sie nicht einmal Lust empfunden hatte. Hat sie – was ihre Partner betraf – überhaupt eine Wahl getroffen? Sie schlief einfach mit dem ersten besten. Erst nachträglich merkte sie, daß es jeweils auf dem Grund ihres Bewußtseins verborgene, geschickt kalkulierte Handlungen gewesen waren. Ob Menschen selbst bei Handlungen, die als unbewußt gelten, niemals das Kalkulieren unterlassen? In gewisser Weise würde das erklären, warum sogar von ihrer so engen Freundschaft mit Fujii nichts geblieben war.

Nach ihrer Rückkehr nach Magome sammelten sich endlich wieder Menschen um Kazue. Fast ein ganzes Jahr mochte vergangen sein, seit sie und Nozaki sich getrennt hatten. Der Anblick der verlassenen Kazue war den Leuten nicht länger peinlich. Kazue war munter. Man konnte auch ohne Nozaki lustig mit ihr verkehren. Es tauchten völlig andere Gesichter als zu Nozakis Zeiten auf. Am späten Abend fanden sich immer eine Menge Leute ein, es kam sogar zu regelrechten Trinkgelagen. Eines Nachts schlug jemand vor: »Übernachten wir doch alle heute hier!« Niemand erhob Einwände dagegen. In dem einzigen großen Zimmer wurden auf dem Linoleumboden Schlafmatten ausgebreitet. Das Haus stand isoliert, entfernt von dem unteren, in dem Nozakis Mutter und Tomoko lebten, und von dem des Schwagers und der Schwägerin weiter oben am Hang. Was heißt das eigentlich: Ein Haus verleiht den Gefühlen Halt? Tatsache war, daß das Haus einer alleinstehenden Frau den Gefühlen aller wenig Hemmungen auferlegte. Schwerer noch wog, daß Kazue selbst sich nicht dagegen wehrte. Das Licht wurde gelöscht. Der Mann, der sich neben Kazue hingelegt hatte, schlief mit ihr. Wer er war, konnte sie nicht erkennen. Als es hell wurde, sah sie, daß es der junge Mann war, der mit seiner Frau in dem Haus mit dem roten europäischen Dach oben auf dem Hügel von Usuda lebte. Trotzdem genierte sie sich nicht. Auch dann nicht, als er später mit seiner jungen Frau gelegentlich bei ihr hereinschaute.

Es wurde Herbst, und Kazue verreiste in die Gegend von Kyōto. Das »Tageblatt« hatte sie mit einem Roman beauftragt, und sie wollte Material dafür sammeln. Nach Beendigung der Arbeit ruhte sie sich in einem Café aus; da trat ein junger Mann auf sie zu: »Nach so langer Zeit! Sind es zehn Jahre oder gar noch länger?« Es war einer der Freunde Jōjis, der sie damals häufig in ihrem Zimmer im Chion-Tempel besucht hatte und der jetzt, wie er sagte, an einer Privatuniversität in Kyōto lehrte. »Na, so eine Überraschung! Ausgerechnet hier Sie zu treffen! Wenn Kajimura das wüßte, der würde vielleicht Augen machen! Auf jeden Fall, ein Wiedersehen nach mehr als zehn Jahren. Ich darf Sie doch zum Abendessen einladen?« sagte er und fuhr gleich fort: »Sollen wir den, na den Dingsda auch anrufen? Der war ja noch viel verliebter in Sie.« Schon eilte er ans Telefon. Nachdem sie sich noch am selben Abend im Café wiedergetroffen und zu dritt in einem Lokal im Maruyama-Park gegessen hatten, geschah es innerhalb weniger Tage. Kazue, verlockt, schlief mit beiden. Weder bei dem einen noch dem anderen fiel ihr ein zu sagen: »Sag es ihm aber nicht.« Jōji, den hatte sie jetzt schon lange nicht mehr gesehen. Ob nicht doch, da sie nun mit beiden seiner Freunde fast gleichzeitig geschlafen hatte, wenigstens ein flüchtiger Schatten auf ihr Herz fiel?

Im Frühjahr noch hatte sie in dem Haus, in dem sie bis vor knapp einem Jahr mit Nozaki lebte, mit einer Zufallsbekanntschaft geschlafen und war darüber nicht im geringsten betroffen gewesen. Genauso war es diesmal. Auch als die Frau des Mannes sie dann ahnungslos besucht hatte, war es ja nicht anders gewesen. Beischlaf – was bedeutete das schon? Von Jugend an war sie der eigenwilligen Ansicht gewesen, dem auf einem – wie auch immer gearteten – Versprechen basierenden Zusammenleben von Mann und Frau, also dem Eheleben, sei ganz sicher keine besondere Bedeutung beizumessen. Aber jetzt wollte sie der Paarung von Mann und Frau überhaupt keinen Wert mehr zuerkennen. War dies ein Phänomen, das plötzlich auftauchte? Oder war es so, daß sie sich, indem sie der Sache keinen Wert mehr beimaß, irgendwelche anderen Hindernisse aus dem Weg räumte? Zumindest quälte sie sich nicht mehr, was immer sich auch zwischen ihr und einem Mann abspielen mochte.

35

Kommen Sie mit. Steigen Sie ein.« Er ließ ihr keine Zeit, abzulehnen. Hätte sie denn abgelehnt? Sie stieg in das von ihm angehaltene Taxi, und gemeinsam fuhren sie zu ihm. Sie waren sich eben erst in einer Bar am Bahnhof Ōmori begegnet. Auch ohne das aufgeregte Geschwätz der Barmädchen hätte sie gewußt, daß er der aus Paris heimgekehrte Maler Tanabe Tōkō war, der vor einem Monat durch den gemeinsamen Selbstmordversuch mit einem jungen Mädchen einen Skandal ausgelöst hatte. Er sei, wie er sagte, ein häufiger Gast in dem Restaurant in Hongō gewesen, in dem sie vor sechs, sieben Jahren gearbeitet hatte, und er habe sie nicht vergessen. Es war eine kühle Frühlingsnacht. Als sie an seinem Haus in der Vorstadt ankamen, rief er laut nach jemandem. Aber niemand war da. Das Haus war von einem hohen Zaun aus Zypressenholz umgeben; sie traten in ein rückwärtig gelegenes, separates Häuschen ein. In dem dunklen Zimmer wurde es mit einem Schlag hell, aber Kazue interessierte das Zimmer nicht weiter. Sie war betrunken, doch nicht deshalb war sie mitgekommen. Ihr war einfach der Anstand abhanden gekommen, nachts nach Hause zurückzukehren und zu schlafen. Ausgerechnet mit diesem Mann, auf den alle Welt blickte, verbrachte sie eine Nacht! Was muß ihre Umwelt gedacht haben? Sie hatte sich ganz gewiß nicht ausgesucht, mit ihm zu gehen! Oder sollte sie sich doch dazu haben verleiten lassen, weil er solch ein Mann war? Nein, nicht einmal das.

Als sie am nächsten Morgen aufwachten und Kazue die Bettdecke, unter der sie geschlafen hatten, zusammenlegen wollte, entdeckte sie eine Menge harten und verkrusteten Bluts. Erbleichte sie darüber? Erst sehr langsam ging ihr auf, daß der gemeinsame Selbstmordversuch mit dem Mädchen in diesem Zimmer stattgefunden haben mußte. Gleichwohl sagte sie nichts zu Tanabe, der neben ihr ebenfalls daraufblickte: »Das Blut von neulich, nicht wahr?« Daß sie die letzte Nacht mit ihm in dem Zimmer geschlafen hatte, in dem vor kurzem dieser Vorfall passiert war, ging sie jedenfalls sowenig an wie das, was aus Tanabes Beziehung mit dem Mädchen geworden war. Und als sie im Begriff war zu gehen und sagte: »Also dann, ich komm mal wieder vorbei«, meinte er: »Kannst ruhig noch bleiben. Bleib doch noch eine Nacht.« Sie verstand selbst nicht, was sie dort eigentlich hielt. Die öde Atmosphäre des Hauses schien ihrem Gefühl, heruntergekommen zu sein, genau zu entsprechen, oder gab sie ihr gar Trost? Hatte es ihnen, verletzt, wie sie waren, gutgetan, sich wie zwei Hunde zu paaren? Kazue blieb mehrere Tage bei Tanabe. »Eine merkwürdige Frau bist du, du erschrickst nicht mal, wenn man den Lauf eines Gewehres auf dich richtet. Hast du überhaupt keine Angst?« Tanabe sagte das, nachdem er einmal so getan hatte, als wenn er mit seinem Gewehr auf sie zielte, und sie völlig ruhig geblieben war. Sie selbst hätte nicht sagen können, ob sie in dem Moment gedacht hatte: Er wird nur so tun und meint es nicht ernst, oder: Es macht nichts, wenn er mich tötet. Damals geschah nichts weiter. Doch kann man so einfach sagen, daß der plötzlich auf sie gerichtete Gewehrlauf keine Anspielung war? Um so weniger läßt sich begreifen, daß sie trotzdem bei ihm blieb.

Eines Abends sagte Tanabe, er habe etwas zu erledigen, und ging aus. Später fiel ihr ein, daß er damals vielleicht Geld beschaffen wollte, um ihr Zusammenleben für eine weitere Weile zu finanzieren, und daß er mit »erledigen« ebendas gemeint hatte. »Ich bin sofort wieder zurück. Geh nicht fort, warte bitte, bis ich wieder da bin«, sagte er noch beim Weggehen. Vielleicht war er sich nicht sicher, ob sie warten würde. Als er sich den grellfarbenen Schal umband, wurde die Narbe an seiner Kehle für einen Moment sichtbar.

Ein oder zwei Stunden blieb sie in dem dunklen Zimmer allein. Sie war die letzten vier, fünf Tage von morgens bis abends mit ihm zusammen gewesen, jetzt, da sie allein in diesem Zimmer war, kam es ihr völlig fremd vor, als säße sie irgendwo in einem Loch. Absolut nichts erinnerte hier an ihr turbulentes Leben der letzten ein, zwei Jahre. Plötzlich mußte sie denken: Wer bin ich? Was tu ich? Geradeso, als ob sie aus einem Traum erwacht wäre. Sie befand sich hier in einem der ruhigen vornehmen Wohngebiete draußen vor der Stadt. In der Ferne heulte der Wind. Plötzlich, völlig überraschend, befiel sie die Täuschung, ganz allein in dem Haus daheim auf dem Lande zu sein, wo sie schon jahrelang nicht mehr gewesen war. Der Wind klang, als käme er von unten aus dem Bambuswäldchen. Genauso hörte er sich an. Sie glaubte zu hören, wie dieser Wind über ihre ferne Kindheit, über all die vielen Ereignisse in den darauffolgenden Jahren bis zu ihr hinwehe. Und ihr war, als sei es derselbe Wind, der über den Vater hinweggegangen war, als er an jenem Morgen im Schnee auf den Fahrweg gekrochen war und Blut gespuckt hatte. Sie spürte, wie sie plötzlich am ganzen Körper bebte in diesem fremden Zimmer, das ihr wie eine Gruft vorkam. Was hatte sie bisher getan? Hatte sie nicht immer genau das getan, was der Vater an jenem Schneemorgen unter Einsatz seines Lebens ihr hatte verbieten wollen? Wie unbarmherzig war das Leben! Der Vater selbst hatte nur getan, was er hatte verbieten wollen. Und nun hatte auch Kazue den gleichen Weg eingeschlagen.

Kazue hob ihren Schal aus der Zimmerecke auf. Sie legte ihn um die Schultern und verließ das Zimmer. Sie wußte selbst nicht, wollte sie während Tanabes Abwesenheit fliehen? Aber wohin? Sie wußte es nicht. Rasch schlüpfte sie durch eines der Löcher in der Hecke. Die kleine Straße lag im Dunkel. Durch die nächtliche Finsternis leuchteten die Lichter der fernen Stadt. Kazue blieb stehen. Sie sah sich um. Dann zog sie den Schal bis zu den Wangen hoch und lief den dunklen Weg rasch geradeaus.

Anmerkungen

SEITE

8 Die Dialoge sind überwiegend im Dialekt von Iwakuni (Präfektur Yamaguchi) geschrieben.

9 eine Meile: *ri* = 3,927 km

13 Die übliche Anrede wäre *nē-san*; *-sama* ist eine höfliche Form von *-san* (Herr/Frau/Fräulein).

26 Feudalherr.

26 Holzsandale.

45 Geflügeltes Wort aus dem Kabukistück *Adesugata onna maiginu* (Die elegante Dame im Tanzkleid) von Takemoto Saburōbyōe u. a.; 1772.

62 Frisur, die am Anfang des 17. Jh. aufkam und von unverheirateten Frauen oder Geisha getragen wurde.

72 *Jizō*: Boddhisattva; Schutzgottheit für Reisende und Kinder.

94 *ichōgaeshi*: Frisur, die in der 1. Hälfte des 19. Jh. aufkam und von jungen Mädchen getragen wurde.

100 *tanomoshikō*: eine aus der Kamakura-Zeit (1185-1335) stammende Gemeinschaftshilfe zur Kapitalerlangung. Die Mitglieder einer Bauern-Nachbar- o. ä. Gemeinschaft zahlen regelmäßig in festgesetzter Höhe Geld ein. An einem Stichtag wird durch Los bestimmt, welches Mitglied die zusammengekommene Summe als Kapitalhilfe erhält. Der Gewinner zahlt das Geld in festgelegten (zinslosen) Raten zurück.

113 Vorort von Tōkyō.

119 1910 annektierte Japan Korea. Unabhängigkeitsbewegungen wie die von 1919 wurden von Japan gewaltig unterdrückt. Die Einreisekontrolle für Koreaner nach Japan wurde allerdings 1922 wieder weitgehend gelockert, so daß in der 1. Hälfte des Jahres 1923 ca. 40 000 Koreaner nach Japan einwanderten, wo sie, zwar unter diskriminierenden Bedingungen, Arbeit fanden. Das »Große Kantō (Tōkyō und Umgebung) – Erdbeben« geschah am 1. September 1923. Am Mittag des 2. September

kam das Gerücht auf, Koreaner würden sich mobilisieren und Japaner angreifen. Mordanschläge auf Koreaner und Chinesen waren die Folge. Die Regierung rief den Notstand aus. Mehr als 14 000 Koreaner wurden – wie es hieß: zu ihrem Schutz – in Lagern untergebracht. In jenen Tagen wurden mehrere tausend (nach einer Berechnung 6433) Koreaner massakriert.

130 *chan* ist die aus *san* (Herr/Frau/Fräulein) gebildete Koseform.

133 Stadtteil von Tōkyō.

Nachwort

Was soll ein Roman? Er soll uns eine Geschichte erzählen, an die wir glauben.
Theodor Fontane

... der größte aller Genüsse [...], das vielleicht einfachste Gelüst ist der Wunsch, ganz und gar etwas zu glauben, was erfunden ist.
Virginia Woolf

I

Die Welt, die Uno Chiyo in ihrer Erinnerungserzählung »Die Geschichte einer gewissen Frau« heraufbeschwört, ist gewiß nicht mehr die von heute, aber es ist auch nicht die abgelebte von gestern. In Kazue, der Protagonistin, begegnen wir einer Japanerin, die weit vor dem Krieg vorlebte, was allgemein erst nach 1945 in der reformierten Gesellschaft Japans – dann allerdings mit rasch wachsender Geschwindigkeit – Wirklichkeit werden konnte: die Befreiung der Frau aus den überalterten Konventionen, die endgültige Abkehr vom traditionsgeprägten Frauenbild, wonach die Frau vor allem zu Haushalt, Heirat und Kinderkriegen vorbestimmt sein sollte. Heute begegnen wir in Japan allerorts einem selbstbewußten modernen Frauentyp, dessen wesentliche Züge indes schon in der Literatur vorgezeichnet waren. Erinnert sei an jene Schriftstellerinnen, die, um 1930 geboren, sich insbesondere in den sechziger und siebziger Jahren – zuweilen mit ätzender Schärfe gegen alle Überbleibsel der Tradition – des Frauenthemas annahmen.

Uno Chiyos Erzählung, obgleich ebenfalls Anfang der siebziger Jahre erschienen, ist anders. Uno, schon 1897 – vor beinahe hundert Jahren – geboren, geht es hier nicht wie jenen jüngeren Nachkriegsschriftstellerinnen, denen die Gleichberechtigung von der Verfassung immerhin garantiert und darum auch leichter erringbar gewesen ist, um die allgemeine Idee der Emanzipation, sondern um den speziellen Fall eben einer »gewissen Frau«, die sie Kazue nennt und deren Lebensgeschichte im Grunde ihre eigene ist. Diese Geschichte wird im Rückblick erzählt. Das Autobiographische ist leicht erkennbar, scheint doch die faßbare Wirklichkeit von Unos Leben trotz vielfacher Abwandlungen im Rahmen der künstlerischen Gestaltung fast überall durch. Die Erzählung gewinnt mit dieser Authentizität des Selbsterlebten und Selbsterfahrenen, der tatsächlich gelebten Negation von Heirat und Ehe an Glaubhaftigkeit und Wirkung. Es ist kaum verwunderlich, daß bei ihrem Erscheinen so manche japanische Leserin Kazue zu ihrer Leitfigur machte.

Liest man nun aber den Text als das, was er ist und nach der Bestimmung seiner Verfasserin ja auch sein soll, nämlich als Erzählung, dann fällt zu allererst auf, wie sehr das *Wann-war-es* der Erzählung nach einer gänzlich privaten Zeituhr geht. Würden wir nicht das Erscheinungsdatum des Buches, 1972, kennen, müßten wir uns die Daten von 1923 aus mühsam zurück und nach vorn rechnend selbst erstellen. Die einzige objektiv konkrete Zeitangabe ist wie absichtslos mittelbar mit der Erwähnung des Großen Kantō-Erdbebens gegeben. Ausgeblendet werden die zeitgeschichtlich bedeutsamen Hergänge. Dem dargestellten Leben, so der vermittelte Eindruck, sind sie belanglos gewesen. Darum denn auch kein Wort vom russisch-japanischen Krieg 1904/05, obgleich er doch Japan bis in seinen letzten Winkel hinein in nationale Hochstimmung versetzte und in die ersten Schuljahre der Protagonistin fällt. Kein Wort vom Tod des Kaisers Meiji 1912, mit dem eine große und einzigartige Epoche ihren Abschluß fand und eine neue begann, die einer bohèmen Lebensart immerhin schon ein wenig entgegenkam. Alle diese Umstände sind der Erzählerin eben Nebensachen. Wichtig ist ihr allein ihre Hauptfigur: Kazue. Auf sie konzentriert sie sich ganz, so daß ausschließlich (sehen wir von einer einzigen Abweichung ab) aus der Perspektive dieser Protagonistin erzählt wird. Darin so konsequent, daß der Leser bei Handlungen und Gedanken anderer Personen, die Kazue nicht unmittelbar miterlebte, fast jedesmal durch ein eingeschobenes »so heißt es« oder »anscheinend« oder »vermutlich« sowie ähnliche Wendungen auf den leisen Vorbehalt hingewiesen wird.

Herkunft und Heimat dagegen sind in der Erzählung durchweg wichtige Topoi. Sie werden als mit dem Leben der Protagonistin eng verknüpft ausführlich beschrieben. Bezeichnenderweise beginnt denn auch die Erzählerin mit einer detaillierten Beschreibung des Hauses, in dem Kazue geboren ist, um es kurz vor dem Ende ein letztes Mal, nun als Traumbild, zu beschwören:

»In der Ferne heulte der Wind. Plötzlich, völlig überraschend, befiel sie die Täuschung, ganz allein in dem Haus daheim auf dem Lande zu sein, wo sie schon jahrelang nicht mehr gewesen war. Der Wind klang, als käme er von unten aus dem Bambuswäldchen. Genau so hörte er sich an. Sie glaubte zu hören, wie dieser Wind über ihre frühe Kindheit, über all die vielen Ereignisse in den darauffolgenden Jahren bis zu ihr hinwehe. Und ihr war, als sei es derselbe Wind, der über den Vater hinweggegangen war, als er an jenem Morgen im Schnee auf den Fahrweg gekrochen war und Blut gespuckt hatte.«

Die Herkunft als solche wird allerdings – hierin durchaus traditionsgemäß – allein auf den Vater bezogen. Freilich nicht nur im Sinne der üblichen allgemeinen Bindung an die väterlichen Ahnen oder mit dem Stolz auf das Ansehen, das die väterliche Familie in der örtlichen Gesellschaft genießt, vielmehr wird sie – darin nun wiederum neu und modern – geradezu als bedrohende, als unabweisliche, ständig präsente Abhängigkeit erlebt. Wieder und wieder taucht der Vater mit seinem entgleisten Leben als das Negativ-Bild ihres Selbst in Kazues Bewußtsein auf.

Heimat hingegen ruft Erinnerungen an die Mutter wach. Und für Uno ist typisch, daß sie einmal in einem Vortrag die Heimat sogar direkt als »Mama« *(o-kaka)* ansprach. An entscheidenden Stellen der Erzählung finden wir das in Japan so gewichtige Wort *inaka* – ein Begriff, der Land und Heimat zusammenfaßt und hier auch auf die leibliche Mutter übertragen wird.

Kazue stammt aus einem provinziellen Städtchen, eingebettet in eine altdörfliche Umgebung. Daß es sich dabei um Iwakuni handelt, eine kleine in West-Japan gelegene Stadt, erfahren wir übrigens auch wieder nur indirekt durch Erwähnung seiner berühmten historischen Brücke: Kintaikyō. Dieses ländliche Städtchen ist gleichsam Kazues Ankerplatz – Fessel, Hemmnis und Hindernis zum einen (die gesellschaftlichen Moralkategorien, an denen die Landbevölkerung festhält, sind die ihrigen nicht mehr), zum anderen der Ort, der Schutz und Sicherheiten bietet, welche den Aufbruch in das experimentierende Leben gewissermaßen als Vagabundenausflug erlauben. Kazues Flucht ist ja doch immer nur scheinbar eine Vertreibung. Das eigentliche Handlungsmotiv ist vielmehr ein eher romantisches: es den Spielleuten nachzutun, deren unabhängiges Leben als Frau zu erproben.

In einem weiteren und noch allgemeineren Sinne spielt die heimatliche Ländlichkeit für die Erzählung eine Rolle. Denn das, was man als Kazues Lebensauffassung bezeichnen könnte, wurzelt fest im Glauben der Leute vom Lande, nämlich daß das Leben eines Menschen sich aus dem »natürlichen Lauf der Dinge« ergebe. Diese Empfindung wird auch nicht durch den zweifelnden Verdacht aufgehoben, welcher der siebzigjährigen Kazue einmal kommt, daß menschlichem Handeln stets etwas Kalkulierendes zugrunde liegt. Nun repräsentiert dieser Glaube kaum so etwas wie die Vorsehung oder das Schicksalhafte, auch wenn er mitunter daran denken oder ahnen läßt, etwas sei einem Menschen vorbestimmt gewesen. Unübersehbar ist indessen, daß durch diesen Glauben zu Unos Erzählung etwas hinzutritt, das über das rein Persönliche dieses Lebens hinauszuweisen scheint.

Ob es an einer solchen Einstellung liegt, daß diese Lebensdarstellung unseren altgewohnten Erwartungen zuwiderläuft? Daß sie uns nämlich kein zu einer sinnvollen Einheit strebendes und danach handelndes Individuum vorstellt, sondern die Geschichte ihrer Heldin doch schon mittendrin abbrechen läßt, nachdem sie uns mehr oder weniger nur Ausschnitte geliefert hat, die wir Leser höchstens in einen widersprüchlichen Zusammenhang bringen können. Aber vielleicht stehen wir, die fremden Leser aus einer anderen Kultur, wenngleich durch eine ganz andere Art von Erfahrung gegangen, dieser bruchstückhaften, ungeordnet scheinenden Sicht auf ein Menschenleben heute in Wirklichkeit gar nicht so fern.

Kazue nimmt schon als Kind die Ereignisse ihres Lebens »ohne Widerrede« hin, als wären sie Naturgeschehnisse. »So wie Wolken auftauchen oder Regen fällt«, so »unabänderlich« kommen sie auf sie zu. Nicht anders dann als junge Frau, wenn Kazue, wie es heißt, »einfach in diese Richtung (ging), die ihr gewiesen wurde«. Und in Übereinstimmung mit diesem Lebensgefühl wird sie noch viel später im Rückblick gewisse Phasen ihres Lebens so empfinden, daß von ihnen als naturhaften Verwandlungen gesprochen werden muß, denn »sie fühlte sich wie eine Zikade nach der Häutung«.

Häutungen – sind es nicht aber eigentlich eher verschiedene Rollen, in die Kazue schlüpft? Wobei sich dann aber auch ein schauspielerischer Zug bemerkbar macht. Schon in jener im ersten Teil der Erzählung gegebenen Schlüsselszene vor dem Spiegel im Badezimmer verbindet sich der Blick in den Spiegel nicht mit dem sonst eher üblichen Motiv einer Selbsterkundung, sondern dient der Rollenfindung des jungen Mädchens. Spiegel und Kosmetikpuder verführen Kazue dazu, sich zu maskieren. Die Maske wird zunächst zwar als geheimer Betrug erkannt, doch immer weiter gehen Rolle und Wirklichkeit ineinander über; die »Häutung«, besser: der Gestaltwandel, ist vollzogen; Kazue spielt nicht bloß die erotisch Verführerische, vielmehr ist sie es jetzt. In dieser Gestalt kann sie ihren Sexualtrieb ausleben, zugleich hilft ihr die Erotik, sich – zunehmend offen – aus den Beengungen und Abhängigkeiten zu befreien, die ihr die allumfassenden Gesellschaftsregeln als Frau zumuten.

Bis in die Form hinein spiegelt der Text die Einstellung der Erzählerin zum Leben: die Dinge »ihrem natürlichen Lauf« zu überlassen. So reihen sich auch die Erinnerungen und Reflexionen mal mäandernd, dann wieder sprunghaft gerafft dem Charakter der Heldin entsprechend aneinander, über die es heißt: »Nie weiß man, was sie im nächsten Augenblick tun wird [. . .]. Sie ist weder gut noch schlecht. Nur eben weiß niemand, was sie im nächsten Augenblick tun wird; auch sie selbst weiß es nicht.« Oder sie geben den Eindruck des Lückenhaften; etwas bleibt augenscheinlich unausgeführt, ohne daß der Leser die leere Stelle deutend füllen könnte.

Wie im Leben werden Erklärungen selten mitgereicht. So wird beispielsweise zwar mit Nachdruck die einstige Beobachtung präzis mitgeteilt: »Mitten unter ihnen [den herbeigeeilten, Feuer löschenden Dorfbewohnern] der sich puppenhaft langsam bewegende Nozaki«, doch bleibt die von Uno in einem Essay[1] nachgetragene Interpretation, warum diese Beobachtung so eindrücklich im Gedächtnis haftet, hier ungesagt. Sie war, heißt es später, das erste Anzeichen für die innerliche Entfremdung des Lebensgefährten von ihr. Wie sooft in der japanischen Literatur müssen wir das Weggelassene miterfassen, den Nachklang mithören.

Trotz Unos häufiger Beteuerung, daß sie nur dem sich natürlich Ergebenden folge, daß sie unbewußt vorgehe,

1 *Kakei no mizu* (Geleitetes Wasser); 1980.

dürfen wir uns nicht darüber täuschen: Wir haben es hier mit einer bewußten, höchst überlegten Komposition der Schriftstellerin zu tun, einer Autorin, die weiß, daß Erinnerungen an Handlungen sich von solchen an Erlebnisse oder einzelne Situationen unterscheiden; die aber alle Leben widerspiegeln. Dementsprechend kompliziert ist das Gewebe der Erinnerungen in dieser Erzählung. Es stellt nicht nur sich chronologisch erinnernde Rückblicke dar, sondern macht auch solche Momente sichtbar, in denen an die Erinnerung erinnert wird. Das hat zur Folge, daß das Tempus der Erzählung nicht einheitlich auf nur *eine* Vergangenheit gerichtet ist. Es ist, als würden die Vergegenwärtigungen bei objektiv gleichem Zeitabstand sehr unterschiedliche Entfernungen durchlaufen. So werden bestimmte Szenen offensichtlich als so gegenwärtig empfunden, daß sie nur im Tempus des den Umriß verschärfenden Präsens wiedergegeben werden können. Ähnlich verhält es sich mit bestimmten Erlebnissen, besonders solchen aus den Kindheitstagen. Um dieser Wahrheit des Erinnerungsprozesses keine Unwahrheit beizumischen, wurden die Tempi des Originaltextes in der Übersetzung fast immer übernommen, auch wenn der Zeitwechsel im Deutschen auffälliger in Erscheinung tritt als im Japanischen, das in diesem Bereich weit weniger einer Zentralperspektive unterliegt. Auch konnte nur so die dem Erzählen innewohnende Gemütsbewegung erhalten werden.

II

Wer das Haus in Iwakuni-Kawanishi, in dem Uno Chiyo geboren wurde, betritt, wird alles genauso finden, wie es auf der ersten Seite der Erzählung beschrieben ist: das sogenannte Ladenzimmer, die beiden Wohnstuben, den Altarraum, dann den »Hof«, jenen ungedielten, mit goldgelbem Sand bestreuten Durchgang. Im Uhrenzimmer wird er über der Schiebetür sogar besagte Uhr entdecken, altertümlich groß in einem achtkantigen massiven Holzrahmen mit schweren, schwarzen stillstehenden Zeigern auf weißem Ziffernblatt. Bestätigung auf Bestätigung also. Uno Chiyo kennt selbstverständlich das Verlangen ihrer Leser nach der buchstäblichen Wahrheit einer Geschichte so gut wie die schriftstellerischen Probleme, die es involviert. In ihrem Essay »Eins meiner Werke«[2] bemerkt sie in diesem Zusammenhang: »Wie gewöhnlich bin ich die Autorin, der Erzähler des Romans. Ich bin es, die die Ereignisse schreibend verknüpft. Es ist eine Art Trick, daß ich, indem ich Personen mit ihrem wirklichen Namen auftreten lasse, den Leser glauben mache, die Geschehnisse wären wirklich. Ob der Leser daran glaubt, daß es keine Erfindungen sind – das entzieht sich freilich meiner Kenntnis. Ich selbst aber glaubte im Augenblick, in dem ich dieses Werk abschloß, die Geschichte habe sich wirklich zugetragen.« So ist in der vorliegenden Erzählung nicht nur das Haus, sondern es sind auch die Personen, die mit für Japaner leicht entschlüsselbaren Namen belegt sind, ohne weiteres als solche aus dem Umkreis Unos wiederzuerkennen. Der Vetter Kajimura Jōji hieß im wirklichen Leben Fujimura Chū, Nozaki Shichirō hieß Ozaki Shirō, er war Unos zweiter Ehemann und ein überaus populärer Schriftsteller. Hinter dem Namen Tabata verbirgt sich der von Kawabata Yasunari, und der Name Fujii weist auf den früh verstorbenen Schriftsteller Kajii Motojirō. Insider wissen auch, wer mit dem Chefredakteur gemeint ist, der Kazues erstes Manuskript druckte, nämlich der legendäre Redakteur der Zeitschrift Chūōkōron, Takita Choin. Schließlich versteht jeder japanische Leser, daß mit Tanabe der seinerzeit sehr berühmte Maler Tōgō Seiji gemeint ist,

2 *Watashi no isshō ni kaita sakuhin no naka de*, in: *Onna no nikki* (Frauentagebuch), 1975. Sie äußert sich darin zu der ebenfalls 1975 publizierten Erzählung *Usuzumi no sakura* (Blaßblau blühende Kirsche).

Unos Lebenspartner Anfang der dreißiger Jahre. Der »Trick« hat auch hier wieder seine Wirkung getan. Die Erzählung wird, wie schon gesagt, in Japan gern als Autobiographie gelesen.

Doch lassen wir uns – genauer lesend – auf all die kleinen Fakten nicht weiter ein, die eben aus Rücksicht auf die japanische Leserschaft aufgenommen worden sind, kümmern wir uns nicht um die Unstimmigkeiten und Ungenauigkeiten, die bei einem Vergleich mit Unos Lebenslauf unschwer aufzudecken sind wie im Fall Tōgōs, den Uno nicht wenige kurze Wochen, sondern Monate nach seinem Doppelselbstmordversuch traf, oder des hier Morito genannten Jugendgeliebten, der keineswegs so jung starb. Fesselnder ist, *wie* hier vor dem Hintergrund des tatsächlichen Lebens erzählt wird.

Wer erzählt hier eigentlich? Wer reflektiert hier über Kazue? Wir hören deutlich jemanden sprechen. Aber wer spricht? Diese Person sagt nicht »ich«, und sie gibt auch nicht ihren Namen preis. Doch sie weiß alles über Kazue, als wäre sie Kazue. Das wäre auf japanisch immerhin möglich, in dritter Person von sich selbst zu sprechen, und hat auch in der japanischen Erzählliteratur, vor allem im *Shishōsetsu*, dem sog. »Ich-Roman«, eine Tradition, wobei der Name des Autors nicht unbedingt mit der der Ich-Figur identisch sein muß. Aber hier ist es nicht Kazue, die zu uns spricht, sich an uns wendet, um zu erzählen. Es ist Uno Chiyo, die durch einen Schleier, wiewohl einen sehr dünnen, aber dennoch einen Schleier der Reflexion von Kazue getrennt ist, die sich nur beinahe, aber eben nicht ganz in ihre Kazue-Figur eingeschrieben hat. Dafür spricht auch der Erzählstil, genauer die Vortragsweise. Wenn auch weit weniger deutlich als in Unos Erzählung »Ohan« erinnert sie an die Rezitationsweise (Jōruri) des Bunraku- (Puppen-) oder Kabuki-Theaters. Ähnlich wie dort im Theater die Rezitierenden das Aufführungsgeschehen mal leiten, mal nur begleiten, macht es die Erzählende hier. Daher entsteht der

Eindruck, als wäre sie selbst es, um die es in der Geschichte geht, als wäre sie selbst diejenige, die lebte, litt und handelte oder wiederum Abstand nimmt und reflektiert. Mit ihren schwingenden Wiederholungen, mit ihren wie an uns gerichteten Fragen scheint sie uns einerseits sehr nahe zu kommen, andererseits mit den gern gebrauchten objektivierenden Satzenden aber, einer besonderen japanischen Form *(no de atta)*, dann doch wieder fernzurücken. Wie sie bald Intimität ausstrahlt, bald Distanz bewahrt, nämlich wie Uno da mit uns spielt, hat fast etwas Durchtriebenes. Es ist eine Erzählweise, die Uno nach langer mühevoller Arbeit erst im Alter zur Entfaltung hat bringen können.

III

Der Einfluß der Kabuki-Bühne auf die künstlerischen Mittel ist – wie für eine ganze Reihe anderer japanischer Schriftsteller – auch für Uno kennzeichnend. Wo sich in der Erzählung Handlungen szenisch kristallisieren, werden wir gleichsam ins Kabuki-Theater versetzt, so daß wir eine Zeitlang nicht lesen, sondern sehen und hören. Mit der Transponierung auf die Kabuki-Bühne werden nun zugleich auch deren Rituale und deren Posen übernommen beziehungsweise als *tableau* arrangiert, womit die Erzählung den Boden der realistischen Lebensschilderung verläßt. Der ruhige Erzählfluß wird unterbrochen, und eine besondere Szene wird sozusagen für den Guckkasten gestaltet, für den ja andere Gesetze als für die Prosa gelten. Hier werden Effektmomente und Pathos zur Intensivierung verlangt. Diesen Regeln folgt beispielsweise die den Tod des Vaters ankündigende Szene.

»Drei Tage vor dem Tod des Vaters schneite es. [. . .] Was mag der Vater beim Anblick des Schnees empfunden haben? Als für einen Augenblick niemand im Zimmer war, geschah es. Und bis sie es bemerkten, war der Vater schon vom Ladenzimmer hinunter in den Hof und von dort auf den

Fahrweg gekrochen. ›Komm mir keiner in die Nähe, seht euch vor, ihr verletzt euch.‹ Dabei schwang er etwas im Kreis herum. In dem blitzenden Sonnenlicht funkelte ein Messer auf. Kot tropfte vom Saum seines Kimonos. [Und ähnlich dem kommentierenden Erzählen der im Kabuki abseits plazierten Sänger folgt:] Wie war ihm in diesem Zustand möglich gewesen, das große Messer aus der Küche zu holen? Es hatte aufgehört zu schneien. Für einen Wintertag schien die Sonne mit unglaublicher Kraft. Auf diesen glitzernden Schnee hatte der Vater eine Unmenge Blut gespuckt. [Nun der Schwenk zurück zur Bühne:] ›Was ist denn, Herr Yoshino?‹ – ›Vater!‹, und Kazue klammerte sich inmitten des Menschenauflaufs an den Vater. ›Zu Hilfe! So helft doch!‹ rief die Mutter außer sich, während der Vater von neuem losbrüllte: ›Weg da! Komm mir keiner in die Nähe, ich erledige ihn!‹ Aber da lag der Vater schon bäuchlings im Schnee.«

Mit der Dramatisierung geht eine Stilisierung einher (denn das Kabuki ist das Theater eines äußerst stilisierten Realismus), so daß das Gemüt nicht nur erregt, sondern ästhetisch angesprochen wird.

Das gleiche geschieht in der Schlußszene, bei welcher der japanische Leser unwillkürlich den *hanamichi* assoziiert, jenen das Parkett durchlaufenden Bühnensteg, auf dem ein Hauptdarsteller seine letzte, zu großartigem Effekt gesteigerte Pose inszeniert, ehe er den Steg raschen Schritts entlangläuft, dem Ausgang zu:

»Kazue hob ihren Schal aus der Zimmerecke auf. Sie legte ihn um die Schultern und verließ das Zimmer. Sie wußte selbst nicht, wollte sie während Tanabes Abwesenheit fliehen? Aber wohin? Sie wußte es nicht. Rasch schlüpfte sie durch eines der Löcher in der Hecke. Die kleine Straße lag im Dunkel. Durch die nächtliche Finsternis leuchteten die Lichter der fernen Stadt. Kazue blieb stehen. Sie sah sich um. Dann zog sie den Schal bis zu den Wangen hoch und lief den dunklen Weg rasch geradeaus.«

Noch einmal zeigt sich hier: Kazue ist zwar dem Leben nachgebildet, aber endlich doch eine Kunstfigur.

IV

Uno Chiyos gesammelte Werke (1977-1978) umfassen zwölf Bände. Damit war das Werk der Achtzigjährigen aber keineswegs abgeschlossen. Es folgte bis heute eine beträchtliche Zahl von neuen Arbeiten, die – für das Spätwerk charakteristisch – zumeist aus kleinen, mit Charme geschriebenen Prosastücken bestehen über Dinge aus Unos Alltag, über Lebenserfahrungen und allgemeine Lebensfragen oder über ihre Freunde aus der literarischen Welt. Hinsichtlich der Thematik ein im ganzen eher schmales Œuvre, das zudem stark autobiographisch gefärbt ist. Es gibt darin, vor allem im Alterswerk, inhaltlich auffällige Wiederholungen. Die aber sind aufs engste mit Unos Gestaltungsweise verknüpft. Denn sie unternimmt als Schriftstellerin das, was wir sonst nur von Malern kennen. Ebenso wie beispielsweise Chagall oder Modigliani – um, statt die großen Meister der Vergangenheit zu bemühen, zwei uns nahestehende Zeitgenossen Unos zu nennen – greift auch sie wieder und wieder dasselbe Thema auf, stellt dieselben Figuren dar, wählt dieselben Motive, dieselben kompositorischen Vorstellungen, um sie dann aber unter neuer Optik jeweils zu einem neuen Ganzen zusammenzufügen. Die Voraussetzung dafür mag in dem originalen visuellen Moment des japanischen Schreibens liegen, wenn es einmal so pauschal formuliert werden darf. Tatsächlich lassen sich bei anderen japanischen Schriftstellern ebenfalls nicht selten Wiederholungen von schon Erzähltem oder sogar Eigenzitate finden. Uno aber hat daraus ein Charakteristikum gemacht; eine Kunst, die uns auffordert, in ihrem Werk den ästhetischen Gesetzen ebenso volle Aufmerksamkeit zu widmen wie dem Erzählstoff.

Wäre uns wie bei einer Ausstellung von Bildern ein von hier nach dort unbehindert gleitender, also rasch zusammenfassender Überblick möglich, träte die gestaltende Vielfalt innerhalb des Gleichen noch weit klarer vor Augen, und der Zusammenhang zwischen dem Detail und dem Gesamten, zwischen den einzelnen Mustern und dem daraus gewirkten Teppich, wäre leichter erfaßbar als beim naturgemäß langsameren Lesen. Unter den buchstäblich unzähligen Textstellen, die sich zum Vergleich anbieten, sei, um wenigstens ein Beispiel zu geben, die dem Tod von Kazues Vater vorangehende Szene ihrem Pendant in der Erzählung »Wie der Wind singt«[3] gegenübergestellt. Dort heißt es:

»›Du meine Güte! Der Herr ist verschwunden!‹ rief [die Dienerin] O-Aki. An jenem Morgen hatte es heftig geschneit, und anscheinend war gerade niemand bei Seikichi im Uhrenzimmer gewesen. Sieh da: Obgleich er sonst allein nicht hat aufstehen können, ist er in seinem Nachtgewand auf die große Straße gekrochen. ›Der Herr, der Herr!‹ rief es von allen Seiten, und jeder versuchte, durch den Schnee stolpernd, an ihn heranzukommen. Er war bis zur Mitte der Straße gelangt, war dann dort erschöpft sitzen geblieben und wandte sich nun mit starrem Blick zu uns um. Er brüllte: ›Weg da!‹ Ja, wie hatte er nur die Kraft aufbringen können, bis dorthin zu kriechen. Der Gürtel seines Nachtgewandes hatte sich gelöst, die nackten Beine lagen wie dürre Baumstämme langgestreckt auf dem Schnee. Neugierige kamen und gingen. ›Komm, komm ins Haus‹, lief ich zu ihm hin und versuchte ihn zu überreden: ›Bitte, laß uns zurückgehen.‹« Usw. usw.

Man spürt, in wieviel breiteren Strichen in dieser früheren Schilderung alles gemalt ist, was in der späteren straffer, dramatischer, eben kabukihafter erscheint.

Manchmal wiederum, es wurde schon erwähnt, wird nur dasselbe Motiv noch einmal aufgenommen. So finden wir in

3 *Kaze no oto*; 1969.

der Erzählung »Ohan« von 1947/49 eine kleine Vorstudie zu jener entscheidenden Szene vor dem Spiegel in unserer Erzählung oder finden gleich in mehreren Texten das Motiv der uns den Rücken zuwendenden männlichen Figur, die wir in der Gestalt von Jōjis Vater voll ausgearbeitet kennen.

Lesen bedeutet natürlich etwas anderes als reines Sehen, aber wenn wir die letzte Seite von »Die Geschichte einer gewissen Frau« umgeblättert haben, innehalten und uns fragen, was wir aus dem Buch behalten werden, dann sind es doch wohl vor allem jene bildhaften Szenen, an denen Uno stets besonders sorgfältig, immer wieder ändernd, präzisierend schreibt, um je nach dem unterschiedlichen Ziel eine Verdichtung oder Gelöstheit zu erreichen.

Auch darin gleicht sie einem Maler, daß sie nebeneinander an Werken mit teils gleichem, teils ähnlichem Sujet schreibt. »Die Geschichte einer gewissen Frau« und »Meine literarischen Erinnerungen«[4] – die man sehr wohl als Selbstbildnisse bezeichnen könnte – entstanden zur gleichen Zeit: Januar bis Dezember 1971 beziehungsweise Januar bis Mai 1971. Sie weisen tatsächlich an vielen Stellen inhaltliche Gemeinsamkeiten auf. Die Ausführung ist dennoch jeweils verschieden, auch wenn in der einen oder anderen Passage die gleichen Wendungen gleichsam eingewebt sind.

Uno nimmt die handwerkliche Arbeit bei ihrer Kunst sehr ernst. Ihrer Ansicht nach ist diese überhaupt der eigentliche Ausgangspunkt aller Kunst. Jeder vermag Erzählungen zu schreiben, betont sie in ihrem Essay »meine Schreibweise«[5], sofern er sich im Schreiben täglich übe. In diesem Zusammenhang kommt sie immer wieder auf ihren Besuch bei einem Puppenmacher in einem kleinen Ort in der Präfektur Tokushima zurück. (In der Erzählung »Der Puppen-

4 *Watashi no bungakuteki kaisō-ki.*

5 *Watashi no bunsho-sakuhō*; 1981.

macher«[6] hat sie von ihm ein großartiges Porträt gezeichnet.) An anderer Stelle schreibt sie über ihn:[7]

»... von seinem sechzehnten Lebensjahr bis über sein achtzigstes hinaus erledigte er tagein, tagaus die gleiche Arbeit mit dem gleichen Fleiß. Der lange Werdegang in der Handhabung des Schnitzmessers hatte dem Alten die Erkenntnis gegeben, wie man Puppen macht. [Es handelt sich um fast lebensgroße Theaterpuppen.] Täglich schreiben, es dem Alten nachtun. Nicht bloß dann schreiben, wenn man schreiben kann. Sich auch dann an den Schreibtisch setzen, wenn man glaubt, nicht schreiben zu können.«

Überdies hat Uno Freude an handwerklicher Arbeit. Sie ist ja nicht nur eine berühmte Schriftstellerin, sondern auch eine berühmte Designerin für Kimonos. Daß für sie die schriftstellerische Arbeit auf der gleichen Ebene liegt wie die designerische – beide, schreibt sie, »bringen etwas Erstmaliges, etwas Schöpferisches, etwas Neues in die Welt«[8] –, unterstreicht noch einmal Unos Lust am Gestalterischen überhaupt.

V

»Meine literarischen Erinnerungen« beginnt Uno mit den Worten:

»Die im folgenden geschriebenen Erinnerungen stimmen nur bis zu einem gewissen Grade. Nein, es ist offensichtlich so, je mehr ich daran denke, genau zu sein, desto weniger bin ich imstande zu schreiben. Daher möchte ich die Leser bitten, das, was ich geschrieben habe, beim Lesen nur halb zu glauben und halb auch anzuzweifeln. Das bedeutet indessen nicht, daß ich mir von Anfang an vornehme, Lügen zu

6 *Ningyōshi Tenguya Kyūkichi*; 1943.

7 *A'un no kokyū* (Der richtige Moment); 1978.

8 *Futamata kaketa oboe nai* (Nie hab' ich mein Fähnchen nach dem Wind gehängt); 1982-84.

erzählen. Ich möchte soweit wie möglich das wirkliche Geschehen aufschreiben. Doch da ich kein sehr ausgeprägtes Gedächtnis für das, was in der fernen Vergangenheit geschah, habe, schreibe ich alles so nieder, wie ich es erinnere. In der Weise, denke ich, werde ich nun schreiben und werde daher möglicherweise von der Wirklichkeit abweichen. Dennoch wird durch das Geschriebene eine Art von logischem Zusammenhang der Wirklichkeit entstehen.«

Aus gelegentlichen Bemerkungen wie dieser geht deutlich hervor: Uno weiß, daß es bei Erinnerungen keine objektive Wahrheit gibt und daß das erinnerte Leben seine eigenen Wirklichkeiten und Wahrheiten produziert. Sie weiß, daß Erinnerungen etwas leicht Zerbrechliches sind, das behutsam behandelt werden will. Sehr sacht rühren denn auch ihre Reflexionen sie an.

Literatur entspringt dem Erinnern. Uno hat dem Impuls des Erinnerns eine Literatur eigenen Stils abgewonnen. Einst ein sogenanntes *modern girl* in der Bohème, ist sie heute, siebenundneunzigjährig, die mit hohen Orden ausgezeichnete und gefeierte Doyenne der inzwischen zahlreichen Schriftstellerinnen Japans.

Barbara Yoshida-Krafft — *Kamakura, Juli 1994*

suhrkamp taschenbücher
Eine Auswahl

Tschingis Aitmatow. Dshamilja. Erzählung. Mit einem Vorwort von Louis Aragon. Übersetzt von Gisela Drohla. st 1579. 123 Seiten

Isabel Allende
- Eva Luna. Roman. Übersetzt von Lieselotte Kolanoske.
- Fortunas Tochter. Roman. Übersetzt von Lieselotte Kolanoske. st 3236. 486 Seiten
- Das Geisterhaus. Übersetzt von Anneliese Botond. st 1676. 500 Seiten
- Paula. Übersetzt von Lieselotte Kolanoske. st 2840. 488 Seiten

Ingeborg Bachmann. Malina. Roman. st 641. 368 Seiten

Ulrich Beck/Elisabeth Beck-Gernsheim. Das ganz normale Chaos der Liebe. st 1725. 301 Seiten

Jurek Becker
- Amanda herzlos. Roman. st 2295. 384 Seiten
- Bronsteins Kinder. st 2954. 321 Seiten
- Jakob der Lügner. Roman. st 774. 283 Seiten

Samuel Beckett
- Molloy. Roman. Übersetzt von Erich Franzen. st 2406. 248 Seiten
- Warten auf Godot. Deutsche Übertragung von Elmar Tophoven. Vorwort von Joachim Kaiser. st 1. 245 Seiten

NF 265/1/1.03

Louis Begley
- Lügen in Zeiten des Krieges. Roman. Übersetzt von Christa Krüger. st 2546. 223 Seiten
- Schmidt. Roman. Übersetzt von Christa Krüger. st 3000. 320 Seiten
- Schmidts Bewährung. Roman. Übersetzt von Christa Krüger. st 3436. 314 Seiten

Walter Benjamin. Illuminationen. Ausgewählte Schriften. Herausgegeben von Siegfried Unseld. st 345. 417 Seiten

Thomas Bernhard
- Alte Meister. Komödie. st 1553. 311 Seiten
- Heldenplatz. st 2474. 164 Seiten
- Holzfällen. st 3188. 336 Seiten
- Wittgensteins Neffe. st 1465. 164 Seiten

Peter Bichsel
- Eigentlich möchte Frau Blum den Milchmann kennenlernen. 21 Geschichten. st 2567. 73 Seiten
- Kindergeschichten. st 2642. 84 Seiten
- Zur Stadt Paris. Geschichten. st 2734. 120 Seiten

Volker Braun. Hinze-Kunze-Roman. st 3194. 240 Seiten

Bertolt Brecht
- Dreigroschenroman. st 1846. 392 Seiten
- Geschichten vom Herrn Keuner. st 16. 108 Seiten
- Hundert Gedichte. Ausgewählt von Siegfried Unseld. st 2800. 188 Seiten

Lily Brett
- Einfach so. Roman. Übersetzt von Anne Lösch. st 3033. 446 Seiten
- Zu sehen. Übersetzt von Anne Lösch. st 3148. 332 Seiten

NF 265/2/1.03

Antonia S. Byatt. Besessen. Roman. Übersetzt von Melanie Walz. st 2376. 632 Seiten

Truman Capote. Die Grasharfe. Roman. Übersetzt von Annemarie Seidel und Friedrich Podszus. st 3135. 208 Seiten

Paul Celan. Gesammelte Werke 1-3. Gedichte, Prosa, Reden. Drei Bände. st 3202-3204. 998 Seiten

Clarín. Die Präsidentin. Roman. Übersetzt von Egon Hartmann. Mit einem Nachwort von F. R. Fries. st 1390. 864 Seiten

Sigrid Damm. Ich bin nicht Ottilie. Roman. st 2999. 392 Seiten

Marguerite Duras. Der Liebhaber. Übersetzt von Ilma Rakusa. st 1629. 194 Seiten

Karin Duve. Keine Ahnung. Erzählungen. st 3035. 167 Seiten

Tristan Egolf. Monument für John Kaltenbrunner. Roman. Übersetzt von Frank Heibert. st 3382. 528 Seiten

Hans Magnus Enzensberger
- Ach Europa! Wahrnehmungen aus sieben Ländern. Mit einem Epilog aus dem Jahre 2006. st 1690. 501 Seiten
- Gedichte. Verteidigung der Wölfe. Landessprache. Blindenschrift. Die Furie des Verschwindes. Zukunftsmusik. Kiosk. Sechs Bände in Kassette. st 3067. 633 Seiten

Hans Magnus Enzensberger (Hg.). Museum der modernen Poesie. st 3446. 850 Seiten

Laura Esquivel. Bittersüße Schokolade. Mexikanischer Roman um Liebe, Kochrezepte und bewährte Hausmittel. Übersetzt von Petra Strien. st 2391. 278 Seiten

NF 265/3/1.03

Max Frisch
- Andorra. Stück in zwölf Bildern. st 277. 127 Seiten
- Biedermann und die Brandstifter. Ein Lehrstück ohne Lehre. st 2545. 95 Seiten
- Homo faber. Ein Bericht. st 354. 203 Seiten
- Mein Name sei Gantenbein. Roman. st 286. 288 Seiten
- Montauk. Eine Erzählung. st 700. 207 Seiten
- Stiller. Roman. st 105. 438 Seiten

Norbert Gstrein. Die englischen Jahre. Roman. st 3274. 392 Seiten.

Fattaneh Haj Seyed Javadi. Der Morgen der Trunkenheit. Roman. Übersetzt von Susanne Baghstani. st 3399. 416 Seiten

Peter Handke
- Die drei Versuche. Versuch über die Müdigkeit. Versuch über die Jukebox. Versuch über den geglückten Tag. st 3288. 304 Seiten
- Kindergeschichte. st 3435. 110 Seiten
- Der kurze Brief zum langen Abschied. st 172. 195 Seiten
- Die linkshändige Frau. Erzählung. st 3434. 130 Seiten
- Mein Jahr in der Niemandsbucht. Ein Märchen aus den neuen Zeiten. st 3084. 632 Seiten
- Wunschloses Unglück. Erzählung. st 146. 105 Seiten

Christoph Hein
- Der fremde Freund. Drachenblut. Novelle. st 3476. 176 Seiten
- Horns Ende. Roman. st 3479. 320 Seiten
- Willenbrock. Roman. st 3296. 320 Seiten

Marie Hermanson. Muschelstrand. Roman. Übersetzt von Regine Elsässer. st 3390. 304 Seiten

NF 265/4/1.03

Hermann Hesse
- Demian. Die Geschichte von Emil Sinclairs Jugend. st 206. 200 Seiten
- Das Glasperlenspiel. Versuch einer Lebensbeschreibung des Magister Ludi Josef Knecht samt Knechts hinterlassenen Schriften. st 2572. 616 Seiten
- Siddhartha. Eine indische Dichtung. st 182. 136 Seiten
- Unterm Rad. Erzählung. st 52. 166 Seiten

Ödön von Horváth
- Geschichten aus dem Wiener Wald. st 2370. 246 Seiten
- Glaube, Liebe, Hoffnung. st 2372. 158 Seiten
- Jugend ohne Gott. st 3345. 182 Seiten

Bohumil Hrabal. Ich habe den englischen König bedient. Roman. Übersetzt von Karl-Heinz Jähn. st 1754. 301 Seiten

Uwe Johnson
- Jahrestage. Aus dem Leben der Gesine Cresspahl. Einbändige Ausgabe. st 3220. 1728 Seiten
- Mutmassungen über Jakob. st 3128. 308 Seiten

James Joyce
- Dubliner. Übersetzt von Dieter E. Zimmer. st 2454. 228 Seiten
- Ulysses. Roman. Übersetzt von Hans Wollschläger. st 2551. 988 Seiten

Franz Kafka
- Amerika. Roman. st 2654. 311 Seiten
- Der Prozeß. Roman. st 2837. 282 Seiten
- Das Schloß. Roman. st 2565. 424 Seiten

André Kaminski. Nächstes Jahr in Jerusalem. Roman. st 1519. 392 Seiten

NF 265/5/1.03

Bodo Kirchhoff. Infanta. Roman. st 1872. 502 Seiten

Wolfgang Koeppen
- Tauben im Gras. Roman. st 601. 210 Seiten
- Der Tod in Rom. Roman. st 241. 187 Seiten
- Das Treibhaus. Roman. st 78. 190 Seiten

Else Lasker-Schüler. Gedichte 1902-1943. st 2790. 439 Seiten

Gert Ledig. Vergeltung. Roman. Mit einem Nachwort von Volker Hage. st 3241. 224 Seiten

Stanisław Lem
- Der futurologische Kongreß. Übersetzt von I. Zimmermann-Göllheim. st 534. 139 Seiten
- Sterntagebücher. Mit Zeichnungen des Autors. Übersetzt von Caesar Rymarowicz. st 459. 478 Seiten

Hermann Lenz. Vergangene Gegenwart. Die Eugen-Rapp-Romane. Neun Bände in Kassette. 3000 Seiten

H. P. Lovecraft. Cthulhu. Geistergeschichten. Übersetzt von H. C. Artmann. Vorwort von Giorgio Manganelli.
st 29. 239 Seiten

Amin Maalouf
- Leo Africanus. Der Sklave des Papstes. Roman. Übersetzt von Bettina Klingler und Nicola Volland. st 3121. 480 Seiten
- Samarkand. Roman. Übersetzt von Widulind Clerc-Erle. st 3190. 384 Seiten

Andreas Maier. Wäldchestag. Roman. st 3381. 315 Seiten

Angeles Mastretta. Emilia. Roman. Übersetzt von Petra Strien. st 3062. 413 Seiten

NF 265/6/1.03

Robert Menasse
- Schubumkehr. Roman. st 2694. 180 Seiten
- Selige Zeiten, brüchige Welt. Roman. st 2312. 374 Seiten
- Sinnliche Gewißheit. Roman. st 2688. 329 Seiten

Eduardo Mendoza. Die Stadt der Wunder. Roman. Übersetzt von Peter Schwaar. st 2142. 503 Seiten

Alice Miller
- Am Anfang war Erziehung. st 951. 322 Seiten
- Das Drama des begabten Kindes und die Suche nach dem wahren Selbst. st 950. 175 Seiten

Magnus Mills. Die Herren der Zäune. Roman. Übersetzt von Katharina Böhmer. st 3383. 216 Seiten

Haruki Murakami. Wilde Schafsjagd. Roman. Übersetzt von Anneliese Ortmanns-Suruki und Jürgen Stalph. st 2738. 306 Seiten

Adolf Muschg
- Der Rote Ritter. Eine Geschichte von Parzivâl. st 2581. 1089 Seiten
- Sutters Glück. Roman. st 3442. 336 Seiten

Cees Nooteboom
- Allerseelen. Übersetzt von Helga van Beuningen. st 3163. 440 Seiten
- Die folgende Geschichte. Übersetzt von Helga van Beuningen. st 2500. 148 Seiten
- Rituale. Roman. Übersetzt von Hans Herrfurth. st 2446. 231 Seiten

Kenzaburô Ôe. Eine persönliche Erfahrung. Roman. Übersetzt von Siegfried Schaarschmidt. st 1842. 240 Seiten

NF 265/7/1.03

Sylvia Plath. Die Glasglocke. Übersetzt von Reinhard Kaiser. st 2854. 262 Seiten

Ulrich Plenzdorf. Die neuen Leiden des jungen W. st 300. 140 Seiten

Marcel Proust. Auf der Suche nach der verlorenen Zeit. Übersetzt von Eva Rechel-Mertens. Drei Bände in Kassette. st 3209. 4195 Seiten

João Ubaldo Ribeiro. Brasilien, Brasilien. Roman. Übersetzt von Curt Meyer-Clason und Jacob Deutsch. st 3098. 731 Seiten

Patrick Roth. Meine Reise zu Chaplin. Ein Encore. st 3439. 98 Seiten

Ralf Rothmann
- Flieh, mein Freund! Roman. st 3112. 278 Seiten
- Milch und Kohle. Roman. st 3309. 224 Seiten

Jorge Semprun. Was für ein schöner Sonntag! Übersetzt von Johannes Piron. st 3032. 394 Seiten

Arnold Stadler. Mein Hund, meine Sau, mein Leben. Roman. Mit einem Nachwort von Martin Walser. st 2575. 164 Seiten

Andrzej Stasiuk. Die Welt hinter Dukla. Roman. Übersetzt von Olaf Kühl. st 3391. 175 Seiten

Jürgen Teipel. Verschwende Deine Jugend. Ein Doku-Roman. Über den deutschen Punk und New Wave. Vorwort von Jan Müller. Mit zahlreichen Abbildungen. st 3271. 336 Seiten

NF 265/8/1.03

Hans-Ulrich Treichel
- Tristanakkord. Roman. st 3303. 238 Seiten
- Der Verlorene. Erzählung. st 3061. 175 Seiten

Galsan Tschinag
- Der blaue Himmel. Roman. st 2720. 178 Seiten
- Die graue Erde. Roman. st 3196. 288 Seiten
- Der weiße Berg. Roman. st 3378. 290 Seiten

Mario Vargas Llosa
- Das Fest des Ziegenbocks. Roman. Übersetzt von Elke Wehr. st 3427. 540 Seiten
- Das grüne Haus. Roman. Übersetzt von Wolfgang A. Luchting. st 342. 429 Seiten
- Der Krieg am Ende der Welt. Roman. Übersetzt von Anneliese Botond. st 1343. 725 Seiten
- Tante Julia un der Kunstschreiber. Roman. Übersetzt von Heidrun Adler. st 1529. 392 Seiten
- Tod in den Anden. Roman. Übersetzt von Elke Wehr. st 2774. 384 Seiten

Martin Walser
- Brandung. Roman. st 1374. 319 Seiten
- Ehen in Philippsburg. 1209. st 1209. 343 Seiten
- Ein fliehendes Pferd. Novelle. st 600. 151 Seiten
- Halbzeit. Roman. st 2657. 778 Seiten
- Ein springender Brunnen. Roman. st 3100. 416 Seiten
- Seelenarbeit. Roman. st 3361. 300 Seiten

Robert Walser
- Der Gehülfe. Roman. st 1110. 316 Seiten
- Geschwister Tanner. Roman. st 1109. 381 Seiten
- Jakob von Gunten. Ein Tagebuch. st 1111. 184 Seiten

NF 265/9/1.03